KB266591

재지마인드

재지마인드

진짜 좋아하는 삶을 살아볼 용기

키키·프랭키 지음

푸른숲

점과 춤

"재지마인드가 뭐예요?"

이 질문을 받으면 머리가 하얘질 때가 있습니다.

음… 그게 뭐였더라. 멋지게, 아니 일단은 적당히라도 대답을 마련해보려 애쓰지만 잘되지 않더라고요. 결국 저희 유튜브 채널에 적어둔 슬로건 비슷한 말을 읊조리며 상황을 무마하곤 합니다. 재지(Jazzy)한 마인드로 자신만의 스타일을 찾고 있는….

공교롭게도 이 책을 쓰면서 제일 많이 마주한 질문 역시 이것이었습니다.

재지마인드는 무엇인가.

누군가가 물어본 적도 몇 번 있었지만, 가장 자주 질문을 던진 사람은 우리 자신이었습니다. 그동안 미뤄왔던—굳이 말로 묻기보다는 그간의 영상과 글을 통해 느껴주기를 바라왔던—본질을 정면으로 마주하는 일이었는지도 모르겠네요.

　　그런데 '재지마인드'라는 이름은 처음부터 어떤 정신이나 태도를 명확히 정의하고 붙인 것이 아니었습니다. 오히려 즉흥에 가까웠달까요. 본문에도 등장하지만, 우리의 이름을 건 브랜드(비슷한 뭔가)를 만들어보고 싶다는 생각에 유튜브 채널을 개설했고, 그 과정에서 이름이 필요했을 뿐이었어요. 회사 이름을 짓는다는 마음으로 나름의 고민을 했지만 그렇다고 앞으로 어떤 일을 하게 될 것인지까지 내다보고 붙인 이름은 아니었습니다.

　　그래서일까요. 출판사로부터 우리의 이야기를 책으로 써보지 않겠느냐는 제안을 받았을 때, 어디서부터 무슨 이야기를 꺼내야 할지 약간 막막했습니다. 하지만 이번이 아니면 또 언제 '현재의 나(우리)'로서 지금까지 걸어온 길을 돌아볼 수 있을까 싶기도 하더라고요. 그렇게 과거의 작은 선택과 결정들을 하나씩 짚어보기로 했습니다. 거창한 결론을 내리기보다는 하나의 점을 찍고 가보자는 마음으로요.

그래서 하고 싶은 말이 뭐냐고요?

시작할 땐 어떻게 해야 할지 몰라 울며 겨자를 삼키는 기분일지라도, 지금 할 수 있는 일에 초점을 맞추며 한 걸음씩 걸어나가다 보면 어느새 눈앞의 안개가 조금씩 걷히는 순간을 마주하게 되기도 한다는 이야기입니다.

저와 아내는 맞벌이 회사원으로 나름대로의 안정적인 생활을 이어갔지만, 겉으론 괜찮아 보였을지 몰라도, 알맹이가 빠져 있다는 느낌을 지울 수 없었습니다. 내가 끌고 가는 게 아니라 끌려가듯 사는 생활을 더는 계속할 수 없다는 생각에 2년 간격으로 회사를 그만뒀습니다. 이직할 곳이나 새로운 사업 구상 혹은 수년의 경제 계획을 마련해두고 내린 결정은 아니었어요. 다만 더 이상 미루면 안 된다는 직감을 믿었던 것 같습니다.

관성처럼 흘러가던 일상에 변화를 줬더니 하고 싶은 일들이 하나둘 떠올랐습니다. 바쁘다는 핑계로 읽기를 미뤄둔 책을 읽고, 도전하고 싶었던 몇 가지 사업을 시도했고요. 어디에 도착할지는 몰라도 발걸음을 내딛는 순간순간을 즐기며 걷다 보니 〈재지마인드〉라는 채널을 운영한 지 3년째입니다. 물론 불안한 날도 없진 않죠. 하지만 내가 선택한 하루하루를 살아갈 수 있기에 웃는 날이 더 많습니다.

지난 1년여 동안 원고를 쓰면서는 우리조차도 희미하게 보이던 것들이 글을 완성해가면서 조금씩 분명해졌습니다. 이 책의 방향 역시 처음부터 '이거다!' 하고 정해둔 게 아니라 지금에 와서 돌아보니 그런 이야기였구나 싶어지고요.

완벽한 결과가 준비될 때까지 기다리기보다 지금 이대로의 나를 정면으로 마주하며 하나하나의 점을 찍어나가는 일. 그렇게 자신만의 리듬을 찾아 한 걸음씩 스텝을 밟아가는 태도. 그런 상태로 추는 춤.

우리가 하고 싶었던 이야기는 이런 게 아니었을까 싶네요. 이 책은 어떤 답을 건네기보다 내가 원하는 삶이 어디쯤을 향하고 있는지 잠시 멈춰 생각해보자는 제안에 가깝습니다. 만약 한 명의 독자라도 비슷한 감각을 느껴준다면 그것으로 충분히 기쁠 것 같습니다.

　　　　　　　　　　　　　　　　　　

책을 쓰며 한 가지 바란 점이 있다면, 곁에 있는 소중한 누군가에게 혹은 자기 자신에게 선물하고 싶은 책이 되기를 바랐다는 것입니다. 그런데 생각해보니 두말할 것도 없이 저희 자신에게 가장 큰 선물이 되었네요. 그 점에 대해 푸른숲 편집자님을 비롯한 출판사 관계자분들께 큰 감사를 드립니다.

2026년 4월
〈재지마인드〉의 키키와 프랭키

차례

1

멈춤

여름방학이 있는 삶

여름방학

우리는 지금 보내고 있는 이 시간에 '여름방학'이라는 이름을 붙여줬다.

대학에서는 한 학년을 지내는 동안 대략 2개월의 여름방학이 주어진다. 두 달은 1년의 6분의 1에 해당하는 기간이지만 방학은 언제나 짧게만 느껴진다. 아무리 불러도 질리지 않는 방학이라는 이름. 특히 봄에 시작해서 겨울에 학기가 끝나는 우리나라 교육환경에서는 1년의 한가운데를 '싹둑' 잘라 한 템포 쉬어가는 여름방학은 유독 달콤하고 여운이 길다.

안타깝게도 졸업 이후로 방학이라는 이름은 들어보지도, 불러보지도 못했다. 90분짜리 축구 경기도 전반전과 후반전 사이에 15분의 하프타임이 주어지는데, 우리 인생에도 하프타임이나 방학이 있다면 얼마나 좋을까. 축구의 하프타임도 학교의 방학도 전체의 6분의 1 정도이니 인생의 방학도 같은 비율로 계산해봤다.

여든 살까지 산다고 하면 대략 13년, 아흔 살을 기준으로 계산하면 15년이 우리 인생의 여름방학인 셈이다. 많이 양보해서 10년만 주어져도 좋겠다. 그러고 보니, 눈 깜짝할 사이에 지나갔다고 느꼈던 여름방학이 처음으로 길게 느껴졌다.

서른다섯에 이런 생각을 처음 했다. 지금껏 바쁘게 살아왔으니 앞으로 10년쯤 여름방학을 보낸 다음 다시 35년을 살면 좋겠다고. 그럼 딱 여든 살이 되므로 슬슬 여름방학을 갖기에 적당한 시기라는 계산이 선다(스스로 정해서 여름방학을 갖는데 '적당한 시기' 같은 건 없지 않을까. 우리의 경우에는 적당히 맞아떨어져서 명분이 추가됐을 뿐이다).

그로부터 3년이 흘렀다. 아직 7년이나 방학이 남아 있다고 생각하면 조급한 마음이 차분히 가라앉는다. 그야말로 급할 게 뭐가 있냐는 느긋한 심정이 된다.

막상 방학이라고 생각하고 살기로 했으면서도 마냥 쉬거나 늘어져 있진 못했다. 자유로워지고 싶어서 회사를 나왔지만 먹고사는 문제까지 자유로울 순 없었기 때문이다. 일정하게 들어오는 월급이 없다 보니 불안하기도 하고 걱정도 됐다.

먼저 회사를 그만뒀던 아내 키키는 혼자서 뭔가 찾아보는가 싶더니 사업자 등록을 하고 주택 리모델링 사업을 시작했다(저렴하게 나왔거나 가치가 저평가된 주택을 구매해서 리모델링 후 판매하는 일이었다). 2년 후 내가 뒤따라 퇴사한 후로는 우리의 취향으로 고른 물건을 판매하는 온라인 편집숍을 오픈해 전에 하던 사업과 병행했다. 지금은 사업을 잠깐 쉬고 있지만 3~4년은 그렇게 바쁘게 지냈다.

대학 시절을 돌아보아도 여름방학을 여유롭고 느긋하게 보내지는 못했던 것 같다. 각종 대내외 활동과 기업 인턴십, 영어 공부에 아르바이트까지… 뭐가 그렇게 바빴는지 온종일 좋아하는 책을 읽거나(그때는 좋아하는 책도 없었지만) 아무 생각 없이 늘어져 있던 기억은 거의 없다. 항상 불안하고 초조해서 제대로 쉬지 못하고 엉덩이를 들썩거렸다. 이제 와 생각하면 왜 그렇게 초조해야 했는지 잘 모르겠다. 고개를 들어 주위를 둘러보면 모두가 그렇게 살고 있어서 나도 그래야만 할 것 같았다.

그렇다고 후회만 남은 건 아니다. 여덟 번의 방학 동안 기억에 남는 여행을 떠난 적도 있다. 군 생활을 마치고 복학 전 다녀온 2개월의 미국 여행, 그리고 졸업 직전 키키와 다녀온 한 달간의 유럽 여행. 나머지 방학에서도 배운 점은 많다. 몇 번의 인턴 경험을 통해 '나는 서울에서 근무해야 하는 사람'이라는 걸 명확히 알게 됐다. 덕분에 서울에 직장을 구했고 지금도 서울에 살고 있다.

그래도 가장 선명하고 그리운 건 훌쩍 여행을 떠났던 두 번의 방학이다. 전액 장학금이 보장된 장학재단 활동에 매진한 방학보다, 이름 있는 기업의 인턴십에 합격했던 방학보다, 내 마음대로 여행을 계획하고 즐겼던 그 시간들이 유독 잊히지 않는다. 따져보면 이유는 분명하다. 취업이라는 목적을 향해 내달렸던 시간이 아니라, 오직 나를 중심에 두고 나를 위해 썼던 시간이었으니까.

인생의 어느 시점에 잠깐 멈춰서 숨을 고르는 이번 여름방학은 학교에서 주어진 것도 누구의 강요에 의한 것도 아니다. 스스로 결정한 일인 만큼 그 누구도 아닌 나 자신을 위해 보내고 싶다. 물론 지금도 '좋아하는 걸 사업으로 발전시켜 돈을 벌어야 하는데', '그럴듯한 사업을 시작해서 성공시켜야 하는데' 같은 생각이 불쑥 찾아오면 불안하다. 그럴 때마다 우리의 유튜브 채널 〈재지마인드〉에 업로드했던 첫 영상을 떠올린다. 잘 기억나지 않을 땐 재생 버튼을 눌러본다.

"10년이 걸려도 괜찮다"고 영상 속의 두 사람은 말한다. 앞서 (내 맘대로) 계산한 13년, 15년이라도 괜찮을 것만 같다. 솜뭉치 같은 뭉게구름이 머리 위에 가득하고 매미들이 경쟁적으로 울어대던 계절, 누구나 한 번쯤 보냈던 그 여름방학에 해당하는 시간일 뿐이다.

누구보다 빨리 좋아하는 걸 찾고 효율적으로 시간을 보내서 목적지에 도착한다고 박수 치고 끝날 인생이 아니지 않느냐고 스스로에게 말해본다. 즐거운 고민을 하고, 마음 가는 일을 시도하고, 헷갈릴 땐 잠시 쉬어가는 시간의 연속. 그 과정 자체가 어쩌면 의미 있는 게 아닐까.

조급해지지 않도록, 지난날의 어떤 방학과 비슷한 선택이 되지 않도록, 남들과의 비교 우위를 재다가 허무하게 흘려보내지 않도록 의식하고 바랄 뿐이다. Ⓕ

멀미

대학을 졸업하고 8년 가까이 다녔던 회사는 지하철로 30분 거리에 기숙사가 있었다. 회사에서 드물게 마음에 드는 점이었다. '서울 시내에 1인실 숙소라니. 통근버스에 식당까지 있으니 한번 살아볼까?' 하는 가벼운 마음이었다. 처음엔 1년만 살아보자 했는데, 살다 보니 여러모로 편리한 점이 많아 3년을 살았다.

기숙사에서 보낸 시간 동안 많은 일이 있었지만 아직도 선명히 기억하는 날이 있다.

나는 선천적으로 멀미가 심했다. 특히 급정거를 반복하는 버스나 택시, 배처럼 꿀렁거리며 움직임을 예측할 수 없는 탈것을 어릴 때부터 싫어했다. 좋고 싫어하는 마음을 넘어 두려움에 가까웠다. 소풍날도 즐겁기보단 걱정이 앞섰고, 버스를 타고 2시간 넘게 이동하는 일은 고문처럼 느껴지기도 했다. 기사님께 중간에 세워 달라고 부탁해 구토를 한 적도 부지기수였다.

그래서 평소에는 통근버스 대신 교통비를 들여 가며 지하철로 출근하곤 했다(기차나 지하철은 일정한 속도와 균일한 레일 때문인지 멀미가 나지 않는다). 그런데 그날은 통근버스 대기 줄로 발길이 향했다. 회식 다음 날이라 버스 의자를 젖히고 잠깐이라도 눈을 붙이고 싶었고 성인이 된 후로는 어릴 때만큼 멀미가 심하지 않으니, 30~40분쯤 자고 일어나면 괜찮겠지 하는 마음도 있었다.

예상과는 달리 그날은 지독한 멀미를 했다. 아마 20~30대를 통틀어 가장 심한 멀미가 아니었나 싶다. 뜨겁고 텁텁한 히터의 바람, 반복되는 급정거에 금세 속이 울렁거리더니 식은땀이 났다. 당장이라도 내려서 걷고 싶었지만, 끝내 내리고 싶다는 말을 꺼내지 못했다.

친절하게 불까지 꺼주는 아침 통근버스를 세워가면서 잠든 회사 동료들(대부분 선배)의 단잠을 깨울 용기가 내게는 없었다.

숨을 참고 침을 꿀꺽 삼키며 버텼다. 버스에서 내려서도 사무실로 곧장 올라가지 못했다. 온몸이 땀에 젖은 채 가까운 화장실로 가서 찬물로 세수를 하고 호흡을 가다듬었다. 한참을 회사 밖 벤치에 앉아 있다가 결국 출근 시간을 넘기고서야 사무실로 향했다. 지각은 입사 이래 처음이었다.

돌이켜보면 회사 생활 자체가 그날의 통근버스와 닮아 있었다. 물론 매 순간이 그 정도로 고통스러웠던 것은 아니다. 수천억 원짜리 수주를 따내거나 프로젝트를 성공적으로 마친 뒤 회식을 할 땐 나름의 보람도 느꼈다. 같이 일하는 동료들에게 고맙다는 말을 들은 날은 기쁜 마음이 오래가기도 했다. 하지만 7년 11개월의 시간을 30분으로 압축해 본다면 결국 그날의 버스에서와 비슷하지 않을까.

고백하자면 대학 전공을 선택할 때부터 뭔가 잘못됐다는 것을 알고 있었다. 건축이나 디자인 관련 학과를 희망했지만 주변의 만류로 취업이 잘된다는 기계공학을 선택했다. '기계공학과 나오면 좋은 회사를 골라서 갈 수 있다'는 주변인 중 누군가의 설득은 가치관이 정립되지 않았던 스무 살 언저리의 나에게 꽤 달콤한 유혹이었다. 삼수까지 했으니 취업은 빨라야 한다는 조급함도 있었다.

공부를 하면 할수록 기계공학이 내 관심 분야가 아니라는 걸 실감했다. 졸업 시즌에는 최대한 전공과 관련 없는 회사에 가고 싶어서 건설회사에 지원했다. 직무는 석유화학 공장 설계 엔지니어였지만, 회사명이 '○○건설'이라는 사실에 이상한 안도감을 느꼈다. 건축학과를 선택하지 않은 과거의 나에게 조금은 미안함을 덜 수 있었고, 언젠가 팀을 옮길 수도 있지 않을까 하는 막연한 기대도 있었다. 무엇보다 광화문 근처에서 근무한다는 점이 버틸 수 있는 가장 큰 이유였다.

하지만 회사 이름과 위치가 본질적인 문제를 해결해주진 못했다. 연차가 쌓여갈수록 커리어는 점점 좁고 깊게 파고드는 느낌이 들었다. 이대로는 안 되겠다 싶어 5년 차가 되던 해에 과감히 팀을 옮겼다. '주택·건축을 연구'한다는 팀에서도 기계공학 전공은 꼬리표처럼 나를 따라다녔다. 담당 분야를 바꾸려면 해당 전공의 석사 학위가 필요한 분위기였고, 직장 생활과 대학원을 병행하는 일은 쉽지 않아 보였다.

더 이상 물러설 곳이 없었다. 어차피 시간과 에너지를 쏟아야 한다면 나 자신이 되는 일에 그 노력을 쓰기로 마음먹고 회사를 나왔다. 나만의 일로 성취감을 얻고 더 나아가 누군가에게 도움을 주는 삶을 살고 싶었다.

어디서부터 잘못됐는지 분명히 알았던 탓에 잔잔한 멀미를 계속 느껴왔다. 미세한 울렁거림이 생겼다 가라앉기를 반복하며 조금씩 쌓여갔다. 그러다 몸이 먼저 알아채고 '잠깐 멈추라'는 신호를 보냈던 것이다.

직무와 회사 생활이 체질에 맞지 않음을 알면서도 왜 그렇게 오래 버텼을까? 왜 그날 버스 안에서 내리겠다고 말하지 못했을까? 시간이 흐른 뒤에야 알게 됐다. 내리고 싶다는 말을 꺼내려면 생각보다 큰 용기가 필요하다는 걸.

타고나게 멀미가 심하지 않더라도 누구든 그런 경험이 있을 것이다. 맞지 않는 흐름에 오래 머물거나 감당하기 버거운 상황에 직면해 어지러워지는 순간들.

잠시 그 상황에서 멀찍이 떨어져 있고 싶은 마음들. 그런 신호는 일종의 경고와 같아서 결코 그냥 흘려보내선 안 된다.

멈춤: 바람이 부는 벤치에 앉아 자신의 리듬을 회복하는 시간. 가만히 숨을 고르며 어지럼증을 가라앉히는 시간. 그리고 천천히 몸을 일으켜 나만의 속도로 걸어가는 시간은 몸과 마음을 자유롭게 한다.

회사를 그만두고 얼마 뒤, 이런 문장을 만났다.

'그만두다'라는 뜻의 영어 단어 'quit'는 '자유롭게 하다' 또는 '방출하다'를 의미하는 오래된 프랑스어에서 왔다.

―데릭 시버스, 《진짜 좋아하는 일만 하고 사는 법》 Ⓕ

내가 하는 모든 일은 나를 위한 일, 내가 좋아서 결정한
일이라고 생각하기로 했다.
어쩔 수 없이 해야 할 것 같아서 하는 일도 마지막 선택은
내가 한 거다. 그 결정이 별로였으면 내가 책임지면 된다.
화가 나도 나 자신에게 내면 된다. 그렇게 책임질 수 있는
일들만 선택해나가고 싶다.
부탁을 받았어도 '나를 위한 일'이라는 생각이 들면 즐겁게
하면 된다. 내가 원해서 하는 일이니까 즐겁지 않을 이유가
별로 없다. 부탁을 들어주는 일이 나를 위한 게 아니라고
생각되면 산뜻하게 거절하면 된다. 의무감에서 비롯된 일,
타인의 기대에 맞추려고 하는 일이 아닌 진정 나를 위한
일들의 축적과 반복이 나를 이룬다.
음… 내가 왜 이런 이야기를 여기에 하고 있더라.
다 나를 위한 일이야. 내가 좋아서 하는 일이야.

키키 씨와 프랭키 씨

"제 본명이요? 소정암이에요."

"네?"

"소.정.암이요. 음식점을 예약하거나 카페에서 이름을 물어보면 양지현(키키의 본명) 씨 이름을 말해요. 지금처럼 한 번에 잘 못 알아들어서요. 후후…."

내 이름은 소정암이다. 이름이 특이하다고요? 네. 뭐, 익숙합니다. 성도 흔치 않은데 '암'이라는 글자까지 들어가서 한 번 들으면 잊기 어렵다는 이야기도 자주 들었다. 어디서든 튀기 싫어하던 어린 시절에는 스트레스를 적지 않게 받곤 했다. 지금은 그렇진 않다. 다만 두 번씩 말해야 하는 상황이 조금 귀찮을 뿐이다.

　어릴 적 별명은 '최불암' 아니면 '소장암'이었다(이름 가지고 놀리는 문화는 사라져야 한다. 무엇보다 암은 무서운 병이라고 이 친구들아!). 사회 초년생 무렵 면접장에서 간혹 "종교가 불교냐?"는 질문을 받기도 했다. 사찰 이름 같다나. 종교란에 분명히 무교라고 체크했다고요….

　그래도 한 번은 이름 덕을 본 기억이 있다. ○○장학재단에서 장학금 대상자를 뽑는 면접 때였다. 나이가 지긋해 보이는 면접관이 물었다. "혹시 이름에 쓴 한자가 '바위 암'인가요?" 그렇다고 대답했더니, 초대 회장님의 호에 같은 한자가 들어간다고 했다. 이름에 '암' 자를 아무나 쓰겠냐는 생각에 얼굴을 한 번 보고 싶었다는 것이었다.

　그 면접에 합격했냐고요? 다행히 합격해서 학비 걱정을 거의 하지 않고 졸업할 수 있었다. 방학 땐 제주도도 보내주고 동강 래프팅도 시켜주고 두 달 동안 본사 인턴십 기회까지 주었다. 지금도 돌아가신 회장님이

힘써 주신 덕이라 믿고 있다.

이름이 특이하다 보니 유튜브 채널을 시작할 때 자연스레 활동명을 고민하게 됐다. 본명을 밝혔다가 채널이 망하면 지인들에게 소문이란 소문은 다 나고 창피스러운 흑역사로 남을 게 두려웠기 때문이다.

하지만 새로운 이름을 스스로 짓기로 한 진짜 이유는 따로 있다. 이제부터라도 내 인생은 내가 마음대로 정하며 살겠다는 주체적인 결심이었다. 지금까지 살아온 패턴에 얽매이지 않고 삶을 내 방식대로 운영해보겠다는 다짐이기도 했다. 한때 유행했던 '부캐'와는 조금 달랐다. 그보다는 제대로 살기 위한 '두 번째 이름'을 갖고 싶었다. 스스로 다닐 회사를 만든다는 생각으로 〈재지마인드〉도 만들었으니 우리에게도 새로운 이름을 지어주기로 했다.

우선 닉네임으로 써오던 '프랭클린(Franklin)'을 떠올렸다. 프랭클린 암스트롱은 스누피로 유명한 만화 《피너츠》에 등장하는, 가무잡잡한 얼굴에 말수가 적은 캐릭터다(자네도 혹시 '바위 암'?). 주인공 찰리 브라운의 고민을 묵묵히 들어주는 그에게 전부터 호감을 갖고 있었다. 그런데 막상 활동명으로 쓰려니 스펠링이 길고 어렵게 느껴졌다. 그래서 고레에다 히로카즈 감독의 영화에 자주 등장하는, 좋아하는 배우 '릴리 프랭키'를 떠올리며 프랭키(Franky)로 정했다. 이름은 뜻이 중요하니까, 하고 검색해봤더니 '자유롭고 솔직하고 유쾌한 사람'이라는 의미가 담겨 있었다.

내가 되고 싶은 사람이 바로 그런 사람이었는데? 운명처럼 프랭키라는 이름이 그렇게 탄생했다.

내가 활동명을 정했다고 신이 나서 말하자, 아내는 기다렸다는 듯 '키키(Kiki)'로 하겠다고 했다. 고민하는 기색도 없이 바로 대답해서 어이가 없을 정도였다.

"릴리 프랭키와 키키 키린 느낌도 나고 좋네. 난 키키 키린처럼 위트 있고 귀여운 할머니가 되고 싶어. 〈마녀 배달부 키키〉도 좋아하고."

웃음이 많은 아내와 잘 어울리는 이름이라 지금도 감탄하곤 한다. 무슨 록 밴드 멤버 이름 같기도 하고. 키키 & 프랭키. 피-스(라도 외쳐야 하나?).

운 좋게 〈재지마인드〉를 계속 운영해나가다 보니 처음 생각한 것보다 새로운 이름이 주는 무게가 크다고 느낀다. 돈을 받고 일을 할 때도 협업자들과 〈재지마인드〉의 '키키'와 '프랭키'로 소통하며 본명은 묻지 않은 채 헤어진다. 어쩌다 본명을 밝히는 건 사석에서 누군가 묻거나 계약서를 작성할 때 정도다. 이제 우리를 자연스럽게 '키키 씨'와 '프랭키 씨'로 부르는 사람들이 많아졌다. 어쩌면 그 숫자는 예전의 이름으로 우릴 부르는 이들을 넘어서지 않을까.

숫자를 비교하는 걸 좋아하진 않지만 이 수치는 우리에게 특별한 의미를 준다. 우리가 선택한 방식의 삶을 인지하고 지켜봐주는 사람들이 존재한다는 사실은 내가 나로 살아가는 데 의외로 큰 힘이 된다.

자신에게 새로운 이름을 지어주고 살아가는 사람들의 마음을 이제는 조금 알 것 같다. '크리스틴'이라는 이름을 버리고 스스로 지은 이름으로 살길 택한 영화 〈레이디 버드〉 속 '레이디 버드'처럼, 모두가 각자의 방식으로 날아오르기를 바라본다. Ⓕ

그냥 너답게 살아

'착하다'는 말이 좋게 들리던 시기가 있었다. 어릴 땐 부모님이, 학창 시절엔 선생님이, 커서는 직장 선배가 그런 말을 해주면 인정받는 기분에 으쓱해지곤 했다. 자연스레 늘 그렇게 보이고 싶었다. 착한 사람, 배려 잘하는 사람, 분위기 잘 맞추고 잘 웃는 사람, 거절하지 않는 사람. 그런 사람이 되려 애썼고 그렇게 행동하려고 노력했다.

그래서일까. 누가 내 앞에서 내가 좋아하는 것이

별로라고 말할 때도 "나는 그거 좋던데"라는 말을 목구멍 뒤로 삼킨 적이 많다. 굳이 상대방의 면전에서 반대 의견을 밝힐 필요가 있나 싶었다. '저 사람이 날 이상하게 보면 어쩌지? 갑자기 나 때문에 분위기가 흐려지면 어쩌지?' 남의 눈치를 보느라 내 의견을 숨기는 게 어느덧 습관이 됐다.

취업을 위한 인적성 검사에서 사실과 다르게 '네'라고 체크했던 항목들이 떠오른다. "외향적인 성격입니까?"라는 질문에는 활발해 보이고 싶어서 '네'를 골랐다. "발표를 좋아합니까?"라는 문항에도 망설임 없이 '네'라고 답했다. 남들 앞에서 크게 의견을 내는 상황을 좋아하지 않지만, 회사는 외향적인 사람을 좋아할 것만 같았기 때문이다. 마치 연기하듯 나 자신을 속였다. 그때는 내가 외향형인지 내향형인지, 발표를 좋아하는지 그렇지 않은지 명확히 몰랐을 수도 있지만, 적어도 사회가 원하는 정답이 무엇인지는 직감적으로 알아챘던 것 같다.

회의 때도, 회식 자리에서도 늘 주변을 살폈다. 튀지 않으려 노력하고 모두가 좋아할 만한 행동을 골라 했다. 뭔가 불편해도 "좋아요", "괜찮아요"가 먼저 튀어나왔다. 그렇게 몇 년간 사회생활을 하다 보니, 내가 진짜 착한 사람인지, 아니면 '착한 척'에 능숙한 사람인지 헷갈리기 시작했다. 점점 뭘 원하는지 모르는 사람이 돼가고 있었다. 사회성이 좋다는 말은, 어쩌면 가면을 오래 버티며 쓰고 있다는 뜻일지도 모른다는 생각이 스쳤다. 물론 사회생활을 하며 타인을 전혀 의식하지 않을 순 없다. 하지만 '나'를 잃으면서까지 가면을 써야 할까?

퇴사하던 날, 한 선배의 인사가 기억에 남는다.

"지현 씨는 진짜 착한 사람이에요. 어디에서든 잘 해낼 거예요."

분명 좋은 의도로 건넨 말이었을 거다. 그런데 그 말이 자꾸 마음에 걸려 씁쓸했다. 그 짧은 한마디에 회사에서 남몰래 참아온 시간들이 묵직하게 담긴 기분이었다. 퇴사하길 잘했다는 확신이 이상할 만큼 또렷해졌다.

요즘은 그 가면을 조금씩 내려놓는 연습을 하고 있다. 가끔은 "이건 아닌 것 같은데요"라는 말을 꺼내기도 한다. 감정을 솔직하게 표현하는 게 여전히 쉽지는 않다. 30년 넘도록 써온 가면이 쉬이 벗겨질 리 없으니 말이다. 그래도 예전보다는 '덜 착한' 쪽으로, 타인이 원하는 게 무엇일지보다는 날 위한 게 어떤 건지를 먼저 고려한다. 관심의 방향이 내 안으로 향하고 있다는 것만으로도 충분한 변화다.

봉태규 배우의 책 《우리 가족은 꽤나 진지합니다》에는 딸 본비가 착하지 않은 아이로 자랐으면 한다는 대목이 있다. 가볍게 읽어내려 가다가 그 문장에서 한참을 멈췄다. 최근에 다시 읽었을 땐 울컥한 마음마저 들었다. 사회가 정해놓은 틀에 맞추는 대신 그저 자기답게 자라주길 바라는 부모의 마음이 고스란히 닿았기 때문이다. '착한 아이'로 살아온 나의 지난 시간이 언뜻언뜻 스쳐 지나갔다.

'착하다'는 말 안에는 타인의 기대와 판단, 때로는 요구가 섞여 있다. 나는 이제 착하다는 말에서 조금씩 멀어지는 중이다. 그 말을 들으려 애쓰지도, 타인에게 쉽게 건네지도 않는다. 길 가다 만난 강아지에게도 함부로 착하다는 말을 하지 않으려고 노력한다.

대신 지금 나에겐 이 한마디가 가장 필요하다. "그냥 너답게 살아". Ⓚ

비움과 자유로움

2025년 초, 이사를 준비할 때였다. 집을 보러 온 한 커플이 "집에 짐이 없으시네요. 너무 깨끗해요" 하며 놀란 적이 있다. 옆에 있던 부동산 중개인도 다른 집들을 가 봐도 이 집이 제일 깨끗하다며 한마디 거들었다. 며칠 후 방문한 다른 아주머니도 왜 이렇게 집이 깔끔하냐며, 물건을 미리 어디다 갖다 치웠느냐고 물었다(그중 누구도 계약하러 오지 않은 걸 보면 예의상 한 말이었을 가능성 51퍼센트).

빈말이라도 비슷한 말을 연속으로 들으니 의아했다. 필요한 물건은 웬만하면 다 갖춰두고 살고 있었기 때문이다. 침대도 소파도 식탁도 냉장고도 있고, 세탁기와 건조기도 있다. 컵을 좋아해서 컵만 진열하는 수납장이 따로 있을 정도다. 마음에 드는 책꽂이를 발견하지 못해서 바닥에 쌓아둔 책도 꽤 많았다. 게다가 주로 집에서 일을 하기 때문에 식탁을 제외하고도 널찍한 모션데스크와 사무용 의자를 각자 하나씩 갖고 있다. 그런데 왜 다들 짐이 없다고 하는 건지, 그들은 대체 어떤 집에 살고 있는지 궁금하기도 했다.

그러다 문득 2년 전의 일이 둥실 떠올랐다. 분명 그때의 우리도 이전 집에 살 때와 비교하면 상대적으로 훨씬 쾌적한 환경에서 지내고 있었다.

2022년 12월. 삶에 변화를 주고 싶어서 집에 있는 불필요한 물건들을 한 달간 비워냈다. 대부분 버리는 일이었지만 중고로 판매하고 기부하는 등 후속 작업까지 고려하면 족히 2~3개월은 걸렸다.

간소한 인테리어와 심플한 삶에 관심은 있었지만 강박을 갖고 있는 건 아니었다. 정돈된 공간에서 편안함을 느끼면서도 예쁘고 멋진 물건을 보면 자꾸만 사게 되고, 바쁘다는 핑계로 정리는 항상 내일로 미루곤 하는, 말하자면 게으른 부류에 가까웠다.

시작은 우연이었다. 아니, 필연 또는 운명이었을지도 모른다. 새로운 볼거리를 찾아 리모컨을 누르다 넷플릭스 알고리즘 추천으로 다큐멘터리 〈미니멀리즘: 오늘도 비우는 사람들〉을 보게 됐다. 마침 둘 다 첫 직장을 그만두고 사업을 시작하던 시기라 분위기를 조금 바꿔보고 싶었다. 하지만 대체 어디서부터 시작하면 좋을지 막막해 엄두도 못 내던 차에 제목에 이끌려 반갑게 플레이 버튼을 눌렀다.

기대 없이 시청한 53분짜리 영화는 깊은 울림을 줬다. TV를 끄고 가만히 소파에 앉아 집 안을 둘러보니 사용하지 않는 물건이 꽤 많이 보였다. 서랍과 창고가 가득 찰 대로 차서 거실이나 방 한구석까지 삐져나온 짐들이 눈에 거슬렸다. 밑져야 본전이라는 생각으로 영화에서 알려준 방법을 따라해봤다. 첫날에 1개, 다음 날에는 2개… 점차 개수를 늘려가며 불필요한 물건을 비우기 시작했다. 욕심이 생겨 한 달을 지속했더니 처분한 물건이 900개가 넘어섰다.

있었는지조차 몰랐던 물건도 쏟아져 나왔다. 운동은 하지도 않으면서 농구공과 배드민턴 라켓, 테니스 라켓은 다 갖추고 있었고, 다시 살이 빠지면 입겠다며 쟁여둔 옷들과 불어난 체중에 맞춰 새로 산 옷들로 옷장은 터져나갈 듯했다. 이러한 카오스 속에서 아무 문제 없이 살고 있다고 생각했다니. 중심이 크게 흔들리는 기분이었다. 소유한 것들을 관리할 능력을 잃어버린 자신이 한심하게 느껴지기도 했다.

둘이 사는 좁은 집에서 불필요한 물건이 1000개 가까이 나왔다는 사실도 놀라웠지만, 더 큰 충격은 그 이후에 찾아왔다. 예상보다 훨씬 홀가분하고 자유로워졌다는 감각이야말로 기분 좋은 충격이었다. 이제야 내 삶을 직시하고 제대로 가꿀 수 있을 것 같았다.

신혼집을 처음 구했을 때 느꼈던 텅 빈 설렘을 오랜만에 마주했다. 앞으로 뭘 채워 넣을지 아주 천천히 고민하고 계획하는 기분 좋은 떨림. 시간을 되돌린 것만 같던 그 기분이 좀처럼 잊히지 않는다.

그로부터 2년 정도 흘렀다. 이사는 무사히 마쳤고 그때와 비슷한 수준의 짐을 유지하며 살고 있다. 불필요한 물건들을 정리한 시점부터 우리 둘 다 몸무게가 10킬로그램 가까이 빠지기도 했다. 그러면서 자연스럽게 목이며 허리며 무릎 등 아프던 곳들이 점차 나아지기 시작했다. 그사이 직업이 바뀌고 규칙적으로 운동하고 식습관이 달라진 영향도 있겠지만, 시작은 눈앞에 있던 쓸데없는 것들은 치운 순간이었다고 믿고 있다.

'짐'이라는 단어에는 다음과 같은 의미가 있다고 한다.

○ 다른 곳으로 옮기기 위하여 챙기거나 꾸려 놓은 물건
○ 맡겨진 임무나 책임
○ 수고로운 일이나 귀찮은 물건

그때, 우리 집을 보러 온 사람들이 말한 짐은 아마 '귀찮은 물건'이었을 것이다. 하지만 한편으론 '수고로운 일' 혹은 '맡겨진 임무나 책임'이라 해도 말이 되는 것 같다.

이사할 때도, 여행할 때도, 일상을 살아가면서도

　　　　　　　　　　　　　　

짐이 적으면 몸과 마음이 한결 가볍다. 어쩌면 너무 많은 짐을 끌어안고 사는 것이, 우리가 그토록 바라는 자유로움에 가까워지지 못하는 결정적인 이유는 아닐까.

새로운 소식

얼마 전 볼일이 있어 KTX를 타고 대구에 다녀왔다.

그날의 여정, 그러니까 집에서 서울역으로 가는 지하철 안에서, 서울역에서 대구역으로 향하는 KTX 안에서 그리고 그 반대의 여정에서 TV 화면을 통해 흘러나오는 뉴스를 보게 됐다. 평소라면 가볍게 읽을 책이라도 챙겼을 텐데, 그날따라 서둘러 나오느라 그럴 정신이 없었다.

참으로 오랜만에 보는 뉴스였다. 평소에 뉴스를

챙겨 보는 일이 거의 없기에 순간순간 생경하고 부담스러웠다. 관심 없는 누군가가 예고 없이 불쑥 우리 집에 찾아온 기분이랄까. '이걸 왜 보고 있지?' 하면서도 시선은 자꾸 화면으로 향했다. 전철이나 기차에서 틀어주는 뉴스는 소리조차 나오지 않는다. 그런데도 큼직하고 빨간 자막을 따라 읽으며 심각해 보이는 화면 속 사건을 눈으로 좇는 일은 중독적이었다. 당장의 내 인생과는 무관한 일들임에도.

음식점 주인이 크게 틀어놓았거나 택시 라디오에서 흘러나오는 경우처럼 어쩔 수 없는 상황을 제외하면, 뉴스를 멀리한 지 10년이 훌쩍 넘는다. 직장인 시절 지루한 출퇴근 시간을 견디려 인터넷 기사를 훑어보던 적이 있었지만 지금은 그마저도 안 본다.

나만 그런가 싶어 주변의 지인들에게 뉴스를 안 본다는 이야기를 했더니 다양한 반응이 돌아왔다. "그래도 세상 돌아가는 건 알아야지", "헤드라인도 안 봐?", "불편하지 않아요?" 등등. 때로는 무슨 말을 해야 할지 몰라 말을 삼키는 사람도 있었다.

적극적으로 물어본 사람은 없었지만, 이 기회를 빌려 말해보자면 아래와 같다.

1. 분위기가 자못 심각하다.

2. 'NEWS'인데 전혀 새롭지 않다.

3. 당장 나와는 크게 상관 없는 이야기다.

다양한 매체가 발달한 덕에 굳이 뉴스가 아니어도 새로운 정보는 차고 넘쳐서, 원치 않아도 눈앞까지 배달된다. 개인의 관심사는 부단히 세분화돼 뉴스가 모든 이의 입맛을 맞추기도 쉽지 않아 보인다. OTT나 유튜브 알고리즘은 내 필요를 소름 돋게 잘 맞추는데…. 이런 이유 때문인지, 뉴스는 점점 두 방향으로 흐르는 듯하다. 아주 심각하거나 아주 자극적이거나.

물론 뉴스를 보지 않으면 간혹 불편한 점은 있다. 어느 날은 한강에 달리기를 하러 나갔는데, 건너편 대교가 전혀 보이지 않을 만큼 눈앞이 뿌연 먼지로 가득했다. 지구 멸망이 다가온 듯 공포스러운 분위기에 놀라 검색해보니 최근 몇 년 중 황사가 가장 심한 날이었다(어쩐지 나밖에 없더라니…). 그날 이후로는 달리기 전에 날씨만큼은 열심히 체크한다.

지인들과 이야기를 하다가 정치나 사회 이슈로 대화가 흐르면 조용히 듣게 된다. 그럴 때만큼은 경청의 자세를 마음껏 뽐낼 수 있다. 가끔씩 조용히 듣다가 얻은 정보만으로도 살아가는 데 큰 무리가 없다. 정말 중요한 일은 어떻게든 알게 되기 마련이다. 예를 들면, 대선일이 언제인지 뉴스로 듣지 않아도 거리마다 벽보가 큼직하게 붙고, 사전투표 안내 문자와 우편물이 여러 차례 날아오니 모르기가 더 힘들다.

뉴스를 보지 않는 대신 내가 하는 일은 잠들기 전에 소설을 읽는 것이다. 살아가는 데 당장에 쓸모가 없다는 점은 뉴스나 소설이나 비슷할지 모르지만, 소설은 적어도 화르륵 불만 지피고 무책임하게 떠나지 않는다. 며칠 뒤 혹은 수년의 시간이 흐른 뒤에 소설 속 어떤 문장은 불현듯 찾아와 말해준다. 넌 혼자가 아니라고, 네 생각이 틀리지 않았을지도 모른다고. 어떤 가능성을 내포한 그 은은한 위로는, 메마른 마음의 장작에 불씨를 틔우는 따스한 바람 같다.

여기에 한 가지 더 추가한다면 내가 쓴 일기를 다시 읽어보는 습관이 있다. 어떤 날은 킥킥대며 시간의 역순으로 거슬러 올라가다 2시간이 훌쩍 지나 있기도 하다. 주책맞은 습관인가 싶다가도, 무인도에 딱 한 권의 책만 가져가야 한다면 나는 내 일기장을 택할 것이다. 내가 쓴 일기장에는 뉴스 같은 자극도, 고전 같은 불멸의 예술성도 없지만 과거와 현재의 '나'가 숨 쉬고 있다. 그리고 그들은 하나의 입체적인 또 다른 내가 되어 앞으로 걸어갈 방향을 넌지시 일러준다. 다소 부끄러운 일도, '이불킥'이 필요한 순간도 있지만 어쩌겠는가. 그래서 재미있고 그 또한 나인 것을.

뉴스를 보지 않는 건, 모르는 것을 솔직하게 '모른다'고 말할 수 있는 용기인지도 모르겠다. 사람들 틈에서 "최근에 있었던 그 일 말이야"라며 최신 토픽이 오갈 때, 나는 아는 체하지 않는다. "아, 그래요? 몰랐어요" 하고 넘긴다. 이것은 말하자면 내가 무지하다는 것을 공공연히 인정하는 일종의 기백이 필요한 일이다.

예전엔 아는 척 넘어가거나 적어도 모른다는 사실을 들키지 않으려고 노력했던 적도 있었다. 최신 트렌드에 뒤처지지 않으려고 뉴스나 기사를 무한 스크롤링하던 적도 있었다. 하지만 세상의 모든 소식을 머릿속에 넣어둘 수는 없는 노릇이다. 머리가 아주 좋아서 식은 죽 먹기로 가능한 사람이 있을지 모르지만, 나 같은 평범한 사람은 하루 종일 세상 돌아가는 일에 정신이 팔려 정작 오늘 나에게 중요한 일은 아무것도 하지 못할 게 뻔하다.

중요한 건 정보의 양이나 속도가 아니라, 뭔가를 알고자 하는 진심 어린 마음일 것이다. 지금 나에게 진정 필요한 게 무엇인지 천천히 사유한 다음 좁고 깊은 나만의 디깅(Digging)을 시작해도 늦지 않다. Ⓕ

'나를 위한 시간'을 확보하기 위해 지키고 있는 것들,
지키고 싶은 것들

❶ 침실에서 휴대폰을 보지 않는다.

❷ 화장실에서 휴대폰을 보지 않는다(치질만큼은 걸리고 싶지 않습니다).

❸ 휴대폰으로 이메일을 보지 않는다. PC로도 자주 보지 않는다.

❹ 휴대폰을 방해금지 모드로 사용한다. 약속이 있는 날에만 해제한다.

❺ '숏폼' 같은 짧은 영상은 되도록 소비하지 않는다.

❻ 달리기, PT 수업을 받을 때 휴대폰은 집에 두고 나온다. 산책할 때도 가끔씩.

❼ 애플워치에 문자, 전화 등을 연동하지 않는다. 시간, 날짜, 날씨, 미세먼지 확인용. 사실 거의 달리기 전용.

❽ 최근엔 카톡 대신 문자를 이용한다. 매우 만족.

❾ 함께 사는 사람과 각자의 방에서 시간을 보낸다(적당한 거리감은 정신건강에 이롭습니다. 참고로 제 방은 거실입니다).

생각나는 대로 적다 보니 휴대폰과 관련된 항목이 많네요. 캠페인은 아닙니다.

당연한 것들

"안녕하세요, 고객님. 어떻게 해드릴까요?"

미용실에 가면 늘 듣는 질문이다. 나는 대개 비슷한 대답을 내놓곤 했다.

"저번이랑 비슷하게 해주세요."

10년 넘게 미용실에서 펌과 염색을 반복해왔지만, 미용실에 가면 조금 긴장하는 편이다. C컬 펌을 할지, S컬 펌을 할지. 무슨 색으로 염색할지. 앞머리 길이는 어느 정도가 좋은지. 전체 길이는 얼마나 자를지….

쏟아지는 질문에 바로 대답하는 게 어려웠다. '잘 모르겠는데요. 알아서 예쁘게 해주세요'라는 게 솔직한 심정이었다. 딱히 스타일을 바꿀 엄두도 내지 못한 채, 미용사 선생님에게 모든 걸 맡겼다. '타일은 타일공에게'라는 말처럼, 머리는 당연히 전문가의 영역이라 생각했기 때문이다. 그런데 어느 날 프랭키가 가정용 이발기를 들고 나타났다.

"한번 셀프로 잘라볼까 하고 샀어. 앞이랑 옆은 내가 할 테니, 혹시 뒷머리 좀 잘라줄 수 있어?"

"나를 믿는다고? 한 번도 안 해봤는데 괜찮겠어?"

"응. 6밀리, 8밀리, 10밀리 중에서 하나를 골라 차례대로 자르면 돼. 뚜껑 머리 되지 않게 층만 잘 내주면 괜찮을 거야."

급하게 유튜브에서 '셀프 이발' 영상을 찾아 눈에 익힌 뒤 얼떨결에 가위를 잡았다. 셀프 이발 첫날, 날 믿는다던 프랭키는 갑자기 전신거울이 필요하다며 방에 있던 거울을 들고 나왔다. 안경을 벗으면 어차피 잘 보이지도 않을 텐데 미용실처럼 거울이 있어야 안심이 되는 눈치였다.

난생처음 해보는 일이라 '이렇게 하는 거 맞아? 에라, 모르겠다' 하는 심정으로 이발을 시작했다. 최대한 조금씩 길이만 다듬는다는 느낌으로 조심조심 자르다 보니, 미용실에 다녀왔을 시간보다 한참이 지나 있었다.

"오! 성공적이야. 앞으로 이렇게 잘라줘."

"어? 대충 감으로 잘랐는데 마음에 든다고? 그게… 지금 뒷모습을 못 봐서 하는 소리 같은데….""

들쑥날쑥하던 머리 모양은 두 번 세 번 가위질을 거듭할수록 점점 균형이 맞춰졌다. 그렇게 몇 번 시도하니까, 이제는 전신거울 없이도 편안하게 자를 수 있는 날이 왔다.

마음이 편안해진 어떤 날, 괜히 화려한 기술을 선보이고 싶은 욕심이 생겼다. 미용사 선생님들이 커트 빗을 이용해 '착착' 잘라내던 기술을 흉내 내보고 싶었다. 자신감이 넘쳤던 그 순간, 프랭키의 뒷머리를 푹 파먹고 말았다. 등에 땀이 쫙 흘렀다.

"어… 어떡하지?"

"괜찮아, 아무도 몰라. 금방 길어(웃음)."

프랭키가 웃어줘서 아찔한 상황이 다행히 재밌는 에피소드로 마무리되었다. 그 뒤로는 쓸데없는 자신감은 내려놓고 초심자의 마음으로 겸허하게 이발 시간을 보내고 있다.

점차로 프랭키뿐 아니라 내 머리도 직접 다듬어보고 싶은 의욕이 생겼다. 미용가위를 들고 거울 앞에 앉았지만 막상 시작하려니 막막했다.

'길이는 얼마나 자를까?'

'내가 진짜 원하는 스타일은 뭐지?'

그동안 미용실에서 질문에 답을 바로 하지 못했던 건 나만의 기준이 없었기 때문임을 그제야 알았다. 내가 어떤 스타일이 잘 어울리는지, 어느 정도 길이를 좋아하는지 비로소 고민하기 시작했다. 스스로에게 묻는 질문은 당장 답할 필요가 없으니 마음이 한결 편안했다. 천천히 마음 가는 대로 다듬어보면서 나를 알아가는 시간은 의외로 즐거웠다. 물론 처음엔 커트 시간이 많이 걸렸고, 뒷머리는 프랭키의 도움을 받기도 했다.

프랭키는 유튜브 영상 하나 찾아보지 않고 오로지 감으로 내 머리를 커트해나갔다. 자신만만한 그 모습에 이상하게 믿음이 갔다. 처음에는 제법 잘 자르는 듯했지만, 손길이 과감해지는가 싶더니 한쪽을 실수로 짧게 자르면 거기 맞추느라 다른 한쪽을 자르고, 또 자르고… 어느새 단발머리는 숏커트가 되어 있었다. 언젠가 숏커트를 해보고 싶긴 했지만 이런 식으로 하게 될 줄은 몰랐다. 새로운 스타일을 도전당한… 아니, 도전하게 된 순간이었다.

집에서 셀프 커트를 한 지 한 계절이 지났다. 이제는 손에 익숙한 감각이 생겨 '나 소질 있나?' 싶을 때도 있다. 가끔은 미용실에 갔을 때보다 만족스러운 날도 생겼다. 쑥스러워서 미용사 선생님에게 차마 하지 못했던 주문도 서로에게는 솔직하게 할 수 있다.

그동안 왜 집에서 머리를 잘라볼 생각을 하지 못했을까?

셀프 커트를 시작한 시점은 회사를 그만둔 시기와 맞물린다. 직장에 다닐 때는 새로운 프로젝트를 발표하거나 신규 입사자들에게 교육과정을 안내하거나 하는 일처럼 남들 앞에 서는 자리가 많아서 단정한 외모가 당연한 책임이자 의무라 여겼다. 하지만 퇴사 후

의무적인 만남이 사라지자 생각의 전환이 일어났다. '미용실에 꼭 가야 하나? 있는 그대로의 내 모습이면 안 될까?' 이전에는 예약 시간에 맞춰 미용실에 가는 일조차 마음의 짐이었다. 실패가 두려워 시도조차 못 했던 것 같기도 하다. 혼자 머리를 자르다 망치면 출근은 어떻게 하나, 상상만으로도 끔찍했으니까. 그런데 막상 겪어보니 사람들은 생각보다 남의 머리에 별 관심이 없다. 굳이 말하지 않으면 내가 집에서 머리를 자른다는 사실을 누구도 눈치채지 못한다.

얼마 전엔 오랜만에 미용실을 찾았다. 이사한 동네에 있는 미용실인데, 새로운 출발을 나름대로 기념해보자는 의미에서 오랜만에 전문가의 손길을 받고 싶었다. 마침 내가 숏커트를 유지하면서 단발 때에 비해 오히려 자르기 어렵다는 불만이 프랭키로부터 접수되기도 했었다. 따져보니 1년 2개월 만의 미용실 방문이었다.

의자에 앉자, 익숙한 질문이 들렸다.

"어떻게 해드릴까요?"

예전 같았으면 "지금과 비슷하게 정리만 해주세

요”라고 했을 텐데, 그날은 이상하게 말이 좀 많았다.

“숏커트 할 건데요. 여긴 무거우니 가볍게 쳐주시고요, 뒷머리는 집에서 자르다 보니⋯ 수습이 좀 필요해요.”

미용사 선생님은 내 머리를 유심히 살피더니 웃으며 말했다.

“이 정도면 미용에 소질 있으신데요?”

얼른 집에 가서 미용사 선생님의 말을 프랭키에게 자랑하고 싶은 마음을 억누르면서 커트를 하는 선생님의 손길을 유심히 관찰했다. 평소 셀프 커트를 하면서 궁금했던 점도 물어보았다.

“직접 잘라보니 알게 된 사실인데, 제 뒷머리가 밖으로 뻗치는 편이더라고요. 이런 머리는 어떻게 잘라야 하나요?”

“제 머리랑 똑같네요. 우리 같은 뒷머리는 짧게 자를수록 더 뜨니까, 될 수 있으면 너무 짧게 자르지 않는 게 좋아요.”

친절한 설명 덕에 시간 가는 줄 몰랐는데 1시간이 금방 지나갔다. 커트가 끝날 무렵, ‘마음에 드냐?’는 선생님의 질문에 “여기 조금만 더 잘라주세요”라고 자연스럽게 대답했다. 전에는 거울도 안 보고 "네, 좋아요"라고 했던 내가 조금 변했다.

셀프 커트를 해온 시간은 단순히 헤어스타일에 대한 이해를 넘어, 일상을 이루는 사소한 것들을 나만의 방식으로 재해석하는 과정이었다. 내가 원하는 것이 정확히 무엇인지를 파악해가는 소중한 시간이었던 셈이다.

최근 미용실을 다시 방문했을 때 담당 선생님이 그만두신다는 소식을 들었다. 영원한 것은 없다는 사실을 새삼 느꼈지만, 아쉬움과 동시에 이제는 내가 원하는 스타일을 스스로 잘 알고 있으니 어디든 상관없지 않을까 하는 생각이 들었다.

서툴지만 이렇게 나를 믿는 법을 서서히 배워가고 있다. Ⓚ

아무것도 하지 않아도

회사를 다니던 시절, 사무실 근처에 작은 카페가 하나 있었다. 앉아서 마실 자리도 없는 테이크아웃 전문점이었음에도 출근 시간대와 점심시간을 포함해 오전 중에는 줄 서지 않는 날이 없을 만큼 장사가 잘되는 곳이었다. 마침 출근 길목에 있어서 나도 가끔 이용했다.

사장님이 친절하고 저렴한 가격에 비해 커피 맛이 좋다는 이유도 있었겠지만, 내가 파악한 인기 비결은 사장님의 암기력이었다. 사장님은 수많은 고객들의 이름과 회사(대부분의 고객이 광화문 소재의 직장인이었다) 그리고 직급을 모조리 외우고 있었다. 손님 중 누군가 진급을 하면 직급을 높여 부르며 축하를 건네는 모습을, 음료가 나오기를 기다리면서 몇 번씩이나 목격했다. 참 대단한 능력이라고 감탄할 수밖에 없었다.

나 같은 경우에는 도장을 찍어준다는 쿠폰을 만들지 않아 사장님이 내 이름을 알 기회가 없었지만, 어느 날 불쑥 들어오는 능숙한 영업력에 당하고 말았다.

"자주 오시는데 쿠폰 하나 만드시지 그래요. 아홉 잔 마시면 한 잔이 무료예요."

그러곤 직장과 이름, 직급을 자연스럽게 묻길래 순순히 답했다. 이후의 방문부터 사장님은 나를 '정암 대리님'이라고 친근히 부르기 시작했다. 조금 놀란 나는 굳이 부르실 거면 직급은 빼고 이름만 불러달라고 했다. "왜요?" 하고 이유를 묻길래, "여기는 회사도 아니고 저는 그냥 그게 좋아서요"라고 대답했던 기억이 난다.

그 자리에서 다 설명하진 못했지만(굳이 설명하고 있는 것도 이상하고) 사적인 시간과 공간에서 회사의 직급으로 불리는 게 뭔가 이상했다. 진급을 하거나 퇴사를 하면 그것도 알려야 할 것 같고…. 아무튼 여러모로 귀찮고 복잡하게 느껴졌던 당시의 감정을 들여다보면 '나는 나인데 꼭 '회사'가 따라붙어야 하나?' 하는 의문이 컸던 것 같다. 회사가 갑자기 삶에서 사라진다고 해서 나의 존재 이유도 절반쯤 사라진다고 생각하면 오히려 그게 더 이상하지 않을까?

회사를 그만두고 한동안 사업을 했지만 어쩐지 '사업가'라든가 '대표'라든가 하는 호칭은 나와 어울리지 않는 기분이었다. 지금 하고 있는, 영상을 만들어 유튜브에 기록하는 일도 비슷하다. 말하자면 '유튜버'가 되기 위해 채널을 운영하는 게 아니기 때문이다. 이제까지 잊고 살았던 나를 발견하고 내가 좋아하는 것과 중요하게 생각하는 가치들을 차근차근 그러모아 어떻게 살아가고 싶은지를 고민하기 위해 자발적으로 마련한 장치일 뿐이다. 이런 생각의 조각들을 매일의 일기로, 매주 영상으로 붙잡아두는 이 일이 나라는 사람을 이해하는 데 그리고 앞으로의 생활에 꼭 필요한 과정이라 믿고 있다. 덧붙여, 내가 가고자 하는 삶의 방향에 고개를 끄덕이는 사람들과 소중한 뭔가를 나누는 것 또한 큰 기쁨이다.

　　하지만 이 일만으로도 나의 전부를 설명할 순 없지 않을까. 하나의 필드에 나를 가둘 이유는 없다. 엉뚱한 상상이지만, ‘유튜브’라는 회사가 어느 날 갑자기 테러를 당해 폭파할 수도 있지 않은가. 물론 망상이지만 전혀 일어나지 않을 일이라고 장담할 수 없으니 그것만 믿고 있을 수는 없는 노릇이다. 영상 매체라는 형식도 우리의 생각과 태도를 전달하는 하나의 도구일 뿐이라는 생각이다. 상황이 허락한다면 다양한 도구를 통해 우리의 생각을 표현하고, 그 결과로 누군가에게 도움을 줄 수 있는 일을 계속하고 싶다.

　　직장이나 직업이 남 보기에 근사하지 않아도, 심지어 지금 당장 일하지 않아도 나는 나다. 무슨 일을 하는지 혹은 일하는지 일하지 않는지로 개인의 가치를 평가할 수는 없다. 건강이나 여러 사정으로 잠시 멈춰가는 기간이 누구에게나 있을 수 있다. 우리 역시 회사를 나와 어디에도 소속되지 않으려 했던 시간이 있었지만, 그 시간이 결코 무의미하다고 생각하지 않는다. 오히려 전체 인생을 한발 떨어져서 봤을 때 가장 빛나는 구간이 아닐까 하는 확신마저 든다.

　아무것도 하지 않아도 내가 사라지는 건 아니다. 차라리 아무것도 하지 않음으로써 자신을 발견하고 좋아하는 나를 들여다보며 아껴주는 시간을 가질 수 있다면 그것이야말로 가치 있는 일이 아닐까. 비 온 뒤 흙탕물이 시간이 지나면서 맑아지듯 순수한 내가 되기 위해서는 다른 무엇보다 시간이 필요할지도 모른다. 내가 나를 기다려주는 시간이. Ⓕ

휴가

"휴가는 언제 가세요?"

자주 가던 동네 빵집에서 빵을 고르는데 사장님이 물었다. 7월 중순이었다. 더운 걸 싫어해서 여름엔 휴가를 잘 가지 않는다고 대답했다. 실은 갑작스러운 질문을 받고 머리가 하얘져 "어어…", "음음…" 하면서 시간을 벌다 겨우 내뱉은 말이었다.

회사를 그만두고 2년 반쯤 지났을 때라, 휴가라는 개념을 거의 잊고 살다시피 하던 무렵이었다.

　　빵을 사 들고 터벅터벅 집으로 돌아오는데 기분
이 조금 묘했다. 휴가 계획이 필요 없을 만큼 자유로운
삶을 살고 있었나, 하는 기분과 동시에 휴가 갈 여유조
차 없이 바쁘게 지냈구나, 하는 생각이 공존했다.

　　한때는 남들 못지않게 휴가를 중요하게 여겼다.
7년여의 직장 생활 동안 연차가 남아서 돈으로 돌려받
은 적은 단 한 번도 없었다. 달력에 빨간 날이 줄줄이
이어지는 걸 미리 체크해뒀다가 여기저기 연차를 붙여
착실하게 사용했다. 회사에서 그러라고 권장하기도 했
다. 신입사원 때는 연차가 부족해서 다음 해의 휴가를
당겨쓰기도 했다(이건 회사에서 딱히 권장한 기억은 없다).
매년 두세 번씩 꼬박꼬박 해외여행을 떠났다. 휴가 간
다고 눈치 주는 문화를 싫어하고(거의 증오하고), 휴가
중에 걸려오는 업무 연락을 애써 외면하는 지극히 평범
한 직장인이었다.

　　그런데 지금은 왜 '휴가 가고 싶다'는 생각을 좀
처럼 떠올리지 않게 된 걸까? 아니, 그보다 먼저 회사를
다닐 땐 왜 그토록 휴가에 집착했을까?

　　앞서 언급했지만, 나의 경우 애초에 전공 선택부

터 어긋나다 보니 업무에서 큰 보람을 찾은 기억이 별로 없다. 프로젝트를 잘 마무리하거나 가끔 긍정적인 피드백을 들을 때는 물론 기뻤지만, 그런 순간은 회사 생활 전체에 비하면 찰나에 가까웠다. 대부분의 시간을 '아, 집에 가고 싶다', '주말에 뭐하지', '이번 휴가까지만 참자' 하는 생각으로 버텼다. 참고 견딘 시간 뒤에는 반드시 보상이 필요했고, 나에겐 그 보상이 휴가였다.

이 순간에도 함박눈처럼 소복소복 쌓이고 있을 이메일을 뒤로하고 비행기에 오르면 (비단 비행기에 오르는 상상이 아니라, 휴가 시작 전날의 귀갓길만 떠올려봐도!) 당분간은 내 마음대로 해도 된다. 잠을 자도 되고, 음악을 들어도 되고, 영화만 계속 봐도 된다. 기내식을 먹어도 되고, 식욕이 없으면 안대를 쓰고 쭉 자도 된다(나중에 맥주 한 잔을 주문해도 된다). 숙소 체크인 후 조금 쉬었다 나가도 되고, 캐리어를 끌고 곧장 첫 번째 목적지로 향해도 된다. 차를 빌려도 좋고 자전거를 빌려도 된다. 피해만 주지 않으면 아무도 뭐라고 하는 사람은 없다.

하지만 어느 순간부터 휴가를 다녀와도 해소되

지 않는 갈증이 있었다. 오히려 일상으로 복귀하기 전날 밤이면 '푹 쉬었다'는 만족감이 아니라 극심한 불안감이 몰려왔다. '이 자유도 이제 끝이다'라는 생각에, 딱 하루만 더 휴가가 주어지길 간절히 바랐다. 출근을 앞둔 일요일 밤 잠들기 직전에 매번 드는 기분처럼.

지금은 프리랜서로 우리만의 일을 하다 보니 어딘가에 소속되어 있을 때보다는 분명 자유로워졌다. 일단은 출퇴근을 하지 않아도 되고, 누가 이런 영상을 만들고 저런 글을 쓰라고 지시하지도 않는다. 가끔 의뢰를 받아 하는 일은 있어도 억지로 참아가며 하는 일은 거의 없다.

물론 스스로 정한 규칙에 따라 나름대로 바쁘게 생활하고 있고, 경제적인 문제에 있어서는 자유롭진 못하다. 때로는 지칠 때도 있고 불안하기도 하다. '좋아하는 일로만 먹고 살 수 있을까?' 자문하면 여전히 확신은 없다. 하지만 설령 진짜 좋아하는 일을 끝내 찾지 못한다 하더라도, 스스로 선택하고 책임지는 과정을 반복하면서 단 1센티미터라도 더 진솔한 나에게 다가가는 것. 그런 노력을 멈추지 않고 있다면, 그걸로 된 거라는 후련함이 있다.

그렇게 생각하면 의외로 몸도 마음도 분주하다. 휴식이나 휴가가 전혀 필요 없다는 뜻은 아니다. 낯선 도시의 호텔에서 낯선 날씨의 향기를 맡으며 아무것도 안 하고 쉬고 싶은 마음은 지금도 간절하다. 다만 예전처럼 '이것만 끝나면 꼭 여행 떠나야지'라든지, '이거까지만 참고 휴가 가자' 같은 무조건적인 보상심리나 갈망은 사라졌다.

언젠가 유재석 씨가 진행하는 프로그램 〈핑계고〉에 출연했던 전도연 배우는 '여름휴가 계획 있냐?'는 질문에 이렇게 대답했다.

"휴가라는 게 마음이 편하려고 하는 거잖아요. 근데 그거는 꼭 휴가가 아니어도 되는 것 같아요. 어디여도 내 마음이 편하면 그것이 휴가이고 휴식인 것 같아요. 휴가에 대해서 되게 강박처럼 있잖아요. 누구도 가는데, 누구도 가는데. 내가 지금 어디 있느냐가 중요하지 꼭 휴가를 가야 되는 건 아닌 것 같아요."

집에서 일하다 커피를 내려 마시고 가만히 다리를 꼬고 앉아 바람에 흔들리는 커튼을 멍하니 바라보거나, 햇살 좋은 날 잠깐 나가서 산책을 하다 보면 문득 이런 생각이 스친다.

　　'음. 이것도 나쁘진 않네.'

　　어디론가 작정하고 떠나지 않아도 내가 정한 리듬으로 내가 선택한 하루를 살아가고 있다는 감각. 이 느낌이 내게는 어떤 휴가보다 큰 해방감을 준다. 어쩌면 이걸로도 이미 충분할지도 모르겠다. Ⓕ

대화하는 콘텐츠

대화하는 형식의 영상을 자주 만들게 된 연유에 대한 글을 쓰게 될 줄은 정말로 몰랐다. 하긴 세상에는 주로 내가 모르는 것과 예상하지 못한 일투성이라 특별할 것도 없지만, '대화' 형식이야말로 특별하다는 생각은 한 번도 해본 적 없다. 그런데 어쩌다 이 주제에 대해 생각을 정리해보기로 결심하게 됐을까?

그 이유를 몇 차례 비슷한 질문과 의견을 듣게 된 데서 찾을 수 있다.

○ 2024년 여름, 출판사와의 미팅에서.

○ 2025년 봄,《AROUND》매거진과의 인터뷰
에서.

○ 2025년 가을, S 작가와의 대담에서.

2024년 여름, 책의 방향에 대해 출판사와 고민을 나누던 중 (아마 편집장님으로부터) 이런 이야기가 나왔다.

"두 분은 평소에도 대화를 많이 하세요? 보통 부부는 대화를 잘 안 하잖아요. 저를 포함해서요(웃음). 부부가 서로의 고민에 대해서 그리고 책이나 영화, 예술 작품을 보고 느낀 점에 대해 어떻게 지적인 대화를 자연스럽게 나눌 수 있는지 써보시는 건 어떨까요? 저처럼 궁금해하는 독자가 있을 것 같은데요."

그 말을 들었을 땐 속으로 조금 놀랐다. 보통의 부부가 대화를 잘 안 한다는 사실도 생경했고(다들 대화하고 살지 않아요?), 우리가 나누는 대화가 어디가 '지적'이라는 말씀인지… 도통 이해하기 어려워서 무엇을 쓰면 좋을지 아리송했다.

그러던 2025년 5월,《AROUND》매거진 인터뷰

에서 만난 C 에디터는 이런 질문을 던졌다.

"영상에서 두 분이 서촌, 연희동, 성북동 같은 고즈넉한 동네를 걸으면서 자연스럽게 대화 나누는 모습이 자주 담기더라고요. 이런 장면을 보여주고 싶은 특별한 이유가 있나요?"

이때쯤 깨달았다. 아, 우리가 걸으면서 대화를 나누는 방식으로 촬영을 자주 하는구나. 그리고 누군가는 그걸 흥미롭게 바라보고 이유를 궁금해하는구나.

같은 해 9월에는 S 작가와 만날 기회가 있었는데, 함께 자리한 J 씨에게도 비슷한 의견을 들었다.

"걸으면서 대화하는 방식으로 영상을 자주 만드시잖아요. 하나의 주제에 대해 오래 이야기 나누는 방식이 저한테는 신선하게 느껴졌어요. 다른 영상에서는 본 적 없는 장면 같았거든요."

각각의 의견을 들었을 당시엔 그때그때 떠오르는 대로 궁색한 대답을 내놓으려 애썼지만, 지금에 와서 사건들(?)을 한꺼번에 돌아보니 결국 우리가 하고 싶었던 이야기는 이런 게 아니었을까 싶다.

처음부터 '대화하는 포맷'을 결정하고 시작한 건 아니다. 유튜브는 이번 생에 처음이었고, 아무것도 모

 재지마인드

른 채 무식하게 덤볐기에 '일단 하면서 배워보자'는 마음이 컸다. 카메라를 정면으로 응시하면서 카메라 너머의 구독자들과 소통하는 방식으로 찍어보기도 하고, 다큐멘터리처럼 대본을 쓰고 동선을 짜보기도 했다.

　　이것저것 시도하며 마주한 사실은 열심히 공을 들여 잘(이것도 주관적인 '잘'일 뿐이지만) 만든 영상 하나보다 대충이라도 지속하는 게 훨씬 중요하다는 점이었다.

　　우리가 매주 영상을 촬영하고 편집하고 아카이브 하는 일은 스스로를 위해, 즉 나를 기록하고 그렇게 모은 기록을 돌아보며 나를 발견하려고 시작한 일이다. 그러니 다른 사람들이 어떤 콘텐츠를 좋아할지, 어떤 주제의 영상이 조회수가 잘 나올지 고민하는 시간이 모순처럼 느껴졌다. 그럴 바엔 우리가 지금 하고 있는 생각과 고민을 그대로 담고, 차곡차곡 쌓여가는 모습을 스스로 즐겁게 한번 지켜봐주기로 했다. 그러다 보니 자연스럽게 대화하는 형식을 택하게 된 것이다.

　　결국은 '어떻게' 살 것인지에 대해 처음으로, 제대로 마주하고 싶었던 게 아닐까. 지금까지의 고민과 선택을 돌아보면 '어떤', '어디', '누구'로 시작되는 질문

의 연속이었다. 어떤 걸 먹고, 어떤 옷을 입고, 어떤 학
과에 진학하고, 어떤 회사에 들어가고, 어디에 집을 구
하고, 어디로 여행을 가고, 누구와 함께할지 같은. 물론
삶을 지탱하는 데 필요한 중요한 질문들이지만, 어째선
지 본질을 비껴간 채 주변머리만 빙빙 돌고 있다는 기분
을 지울 수가 없었다. 지구 주변을 맴도는 인공위성이
된 것 같은 느낌이랄까. 이젠 핵심으로 들어가서 '어떻
게'를 직면해야 했다. 땅을 딛고 서서 나는, 우리는 '어
떻게' 살고 싶은 사람인지 시간을 들여 고민하고 싶었
다. 한 걸음 한 걸음 나아가다 보면 나머지 것들은 순차
적으로 따라오리라는 막연한 기대도 있었다.

　한편, 사소한 대화가 주는 단순한 기쁨, 순수한
즐거움도 빼놓을 순 없다. 가령 이런 대화도 있다.

K　저 참새들 좀 봐. 너무 귀엽지 않아? 아무
리 봐도 질리지가 않네.

F　오, 귀엽다. 근데 쟤들은 왜 저렇게 맨날
바빠?

K　큭큭. 그러게. 이따 그림으로 그려야지.

　　　　　　　　　　　　　　　　　재지마인드

적고 보니 너무 사소하다 싶어 민망하지만, 이런 무의미해 보이는 대화 속에서도 작은 기쁨을 발견하곤 한다.

K는 작은 새를 귀여워한다. 자신이 좋다고 생각한 것을 질려 하지 않는 사람이다. 좋아하는 것을 옆 사람과 나누고 싶어 하는 오지랖 기질이 있다, 하는 것들. F도 참새가 귀엽다고 생각한다. 그리고 바쁜 것을 (아마도) 싫어하는 모양이다, 뭐 이런 것들.

조그맣지만 진솔한 마음을 꺼내 공기 중으로 띄워 보내고, 내 마음이 상대에게 가닿는 것을 조용히 지켜보는 일. 그 반복을 통해 나를 알아가는 즐거움과 서로에 대해 좀 더 알게 되는 기쁨을 맛본다. 그런 즐거움이나 기쁨은 안도의 다른 이름인지도 모르겠다.

혼자가 아니라는 깊은 안도감. 지금 마시는 커피가 맛있다든가, 방금 흘러나온 곡이 마음에 들어 제목을 알고 싶다든가, 어떤 작가의 태도나 스타일을 닮고 싶다든가, 최근 들어서 여름을 좋아한다는 사실을 알게 됐다든가 하는 소소한 마음을 자꾸만 꺼내 보이고 싶은 이유는, 아마도 어떤 거창한 '의미' 때문이 아니라 단순하고 순수한 즐거움 때문일 것이다.

가만히 친구 옆에서 걸으며 생각을 듣는 것만으로 마음이 채워지는 그런 날이 있다. 미처 생각해보지 못한 질문을 하나 얻어 집으로 돌아오는 내내 곱씹기도 하고, 마침 나와 같은 친구의 생각에 위로받기도 한다.

우리의 대화가 누군가에게 '나도 오늘은 다른 길로 걸어봐야지', '우리도 좋아하는 동네를 찾아볼까?' 같은 일상의 쉼표가 될 수 있다면, 우리가 그 누군가의 산책길 친구가 되어줄 수 있다면 무척 기쁠 것 같다. Ⓕ

kiki
Franky

자신이 원하는 라이프스타일

K　최근에 책에서 읽었는데, "물건을 많이 가지는 게 아니라 제일 좋은 물건을 가져야 한다"는 문장이 있었거든. 난 이 말이 참 좋았는데, 프랭키는 어떻게 생각해?

F　단순한 삶, 비우는 삶을 권하면서 '적게 소유하라'는 말은 많이 들어봤지만, '제일 좋은 걸 소유하라'는 건 꽤 신선한데?

K　그치? 자세히 풀면 이런 거야. 내가 생각하는 이상적인 소파가 있다면, 그걸 살 돈을 모을 때까지 임시용 소파는 들이지 말자는 거지. 쉽게 말해 중복 투자를 하지 말자는 거야. 값싼 물건을 계속 사들이다 보면, 좋은 물건 하나 살 때보다 돈이 더 많이 들 때가 있잖아. 정작 심리적으론 만

족하지도 못하면서.

F 맞아. 나도 그런 적이 많았어. 당장 급해서 산 바지나 신발을 떠올려보면… 오래 안 입었던 것 같아. 결국에는 마음속에 품어둔, 진짜 갖고 싶었던 걸 뒤늦게라도 사게 되더라.

K 나도 집에서 일하려고 사무용 의자를 샀을 때 그랬잖아. 우선은 급한 대로 남들이 그럭저럭 괜찮다는 평범한 의자를 샀는데, 앉을 때마다 허리가 아파서 기분이 안 좋더라고. 결국 그걸 처분하고 내 몸에 맞는 의자를 다시 찾게 됐고. 그 과정이 수고롭긴 했지만, 조금 비싸더라도 내가 생각하는 이상적인 의자를 들이니까 앉을 때마다 기분이 좋고 보기만 해도 만족스러운 거야. 그때 느꼈던 것 같아. '좋은 물건만 곁에 두자'는 말이 이런 말이었구나 하고.

F 그러고 보니 그렇네. 좋은 물건은 눈에도, 몸에도 즐거워야 한다는 말도 있잖아. 보는 즐거움과

실제로 사용할 때의 편안함이 공존해야 하는 거지. 겉만 화려한 물건은 눈만 잠깐 즐거울 뿐이니까.

맞아. 조금 무리를 하더라도 내 기준에서 이상적인 물건을 딱 하나 갖는 게 나은 것 같아. 그럼 이런 질문을 할 수도 있겠네. 내가 좋아하는 물건, 이상적인 물건의 기준은 어떻게 세워야 할까?

나는 실수를 반복하다 보면 기준이 생기더라고. 좋아 보여서 샀는데 막상 써보면 불만족스럽고 생각보다 나한테 안 어울리는 경우가 있잖아. 그런 경험이 쌓이면 '나는 이런 걸 좋아하고, 이런 건 싫어하는구나'를 알게 되더라. 결국 내가 제일 좋아하는 게 뭔지 알려면 직접 경험하고 선택해보는 수밖에 없지 않을까. 그러니 실수를 두려워하면 안 될 것 같아. 선택하고 책임지는 과정 속에서 나만의 기준이 단단해지는 거니까.

K   결국 실수를 통해서 나를 알아가고 기준을 쌓아
    가는 셈이네?

F   "만약 실수를 하지 않고 있다면 그게 실수다".
    전설적인 재즈 뮤지션 마일스 데이비스가 한 말
    도 있잖아. 좋아하는 물건만 곁에 두고 어설픈
    것은 과감히 치우는 일. 이것도 결국은 실수하고
    수정하는 과정을 거치며 나를 알아야 가능한 일
    이라고 생각해.

K   어설픈 것을 당장 치우는 것? 어떤 물건을 남기
    고 어떤 물건을 처분할지 고민하는 과정 자체가
    내가 진짜 좋아하는 게 뭔지 조금씩 알아가는 과
    정이겠구나. 정말 필요한지, 볼 때마다 기분이 좋
    은지, 아니면 언젠가 쓰겠지 하며 모셔만 두는 건
    지 판단해야 하니까.

F   맞아. 특히 유행을 따라 산 옷들은 해가 바뀌면
    손이 잘 안 가잖아. 그런 옷은 입으면 괜히 자신
    감도 떨어지는 거 같아. 나가면 비슷한 옷을 입

고 있는 사람들 속에서 클론이 된 기분도 들고. 그래서 이제는 남들이 많이 입고 다니거나 유행처럼 느껴지는 아이템은 피하게 되더라고. 대신 나한테 자연스럽게 어울리는 옷, 기본에 충실한 스타일, 시간이 흘러도 변함없는 클래식한 디자인을 선호하게 됐어.

K 그런 선택들이 모여서 자기만의 스타일이 생기는 거네?

F 그렇다고 볼 수 있지. 옷이나 가구뿐만 아니라 매일 사용하는 이불, 컵, 그릇, 포크, 나이프 같은 일상의 많은 것들이 다 좋아하는 물건이라면 얼마나 좋을까. 그렇게 좋아하는 것들에 둘러싸여 있다면 하루하루 사는 게 행복할 것 같지 않아?

K 진짜 눈만 떠도 행복하겠다(웃음)!

F 난 눈 감아도 행복해. (웃음) 경험해보고 실패해

보며 나만의 가치관과 취향을 만들어가는 것. 그
렇게 직접 선택한 물건들에 둘러싸여 산다면, 그
게 바로 자신이 원하는 라이프스타일을 스스로
꾸려가는 사람 아닐까?

K 자신이 원하는 라이프스타일?

F 응. 자신이 원하는 라이프스타일.

2

즉흥

지도에 없는 곳

산책하듯 살고 싶다

내가 산책을 사랑하는 가장 큰 이유. 산책하는 시간에는 누구도 아닌 '자연스러운' 내가 된다. 자연(自然)이라는 단어는 스스로 자, 그러할 연을 쓴다. 말 그대로 "스스로 그러하다"는 뜻이다. 국어사전에서는 이를 "있는 그대로 세상에 존재하는 상태"라고 정의한다. 산책을 할 때는 잘해야 한다는 부담을 가져본 적이 없다. 애써 누군가에게 잘 보일 필요 없이 그저 내가 원하는 한 걸음 한 걸음을 편안하게 내디디면 그만이다. 어쩌면 나는 산책을 사랑한다기보다, 산책하는 시간에 마주하는 '진짜 나'를 사랑하는지도 모르겠다.

왠지 찌뿌둥할 때, 의자에 오래 앉아 있어서 허리를 펴고 싶을 때, 고민거리가 자꾸만 떠올라 환기가 필요할 때, 혹은 아이디어 회의를 하다가 이야기가 길어진다 싶을 때. 가볍게 집을 나선다.

"잠깐 걷다 올까? 광합성도 좀 하고."

프랭키와 나 둘 중 한 명이 산책을 제안하면 다른 한 명도 신이 나 따라나선다. 문밖을 나서는 순간 기대되기 시작한다. 실은 신발을 신을 때부터 이미 들떠 있다. 오늘은 어딜 걷게 될까. 또 어떤 장면을 만날까.

어디로 갈지는 정하지 않는다. 일단 집 밖을 나서는 것 자체가 산책의 목적이라고 생각하면 방향은 그리 중요치 않다. 홀가분하게 발길 닿는 대로 걷다 보면 집 안에서 나누던 것과는 다른 결의 생각들이 흘러 나온다. 쉬지 않고 이야기를 나누다가도 어느 순간 말없이 걷기도 한다. 같은 풍경을 함께 바라보며 서로 다른 감상을 이야기하고, 각자의 보폭으로 걷지만 비슷한 속도로 어깨를 맞춘다.

가볍게 나섰다가 꽤 먼 곳까지 걷기도 한다. 고소한 냄새가 풍기는 빵집을 발견하거나, 새초롬한 고양이와 잠시 인사를 나누는 호사를 누린다. 언제 이런 곳이 생겼나 싶은 작은 전시 공간을 발견하면 무작정 들어가 기웃거리다 나오기도 한다. 특히 그날의 기분에 이끌려 걷다 마주친 낯선 골목이, 내가 알던 장소와 연결된다는 사실을 알게 된 날은 로또라도 당첨된 기분이다. '오늘도 퍼즐 하나 맞췄다'는 남모를 기쁨을 안고 집으로 돌아온다. 우리의 산책은 대개 이런 식이다.

최근에 알게 된 산책의 또 다른 묘미는 몸은 움직이면서 마음은 쉴 수 있다는 점이다. 실내에서 취하는 휴식과는 상반된 매력이다. 집에서 책을 읽거나 나른하게 누워 있는 시간도 좋아하지만, 가만히 쉬다 보면 생각이 끊임없이 이어질 때가 많아서 걱정거리나 잊고 있던 고민이 느닷없이 찾아오곤 한다. 그럴 때 밖으로 나가 걸으면 머릿속을 채우던 크고 작은 고민의 조각들이 걸음을 하나하나 옮길 때마다 톡, 톡 떨어져 나가는 기분이다. 그리고 어느 순간 작은 공간이 생긴다. 나만의 작고 소중한 공간. 그 사이로 바람이 드나들고 햇살이

스며든다. 이 작은 여백을 통해 비로소 새로운 것들이 보인다. 평소엔 그냥 지나치던 느티나무가 이토록 커다란 그늘을 내어주는지 새삼 알게 된다. 전깃줄에 앉은 박새 소리가 유독 아름다운 연주 같다. 벽에 그려진 낙서, 툭 걸려 있는 창문과 환풍구마저 작품이 된다. 현재에 집중하며 손과 발을 움직이다 보면 어느새 마음은 평온해져 있다.

언젠가 왜 산책을 좋아하느냐는 나의 물음에 프랭키는 이렇게 답했다.

"산책은 자유야. 내가 가고 싶은 방향으로 가면 돼. 원하는 대로 발걸음을 내딛고 책임지면 돼. 한번 끝까지 가보고 아니면 돌아오고. 실패하면 추억이고 성공하면 기쁘고. 산책은 우리 삶이랑 비슷한 것 같아."

산책은 그저 산책일 뿐, 특별한 의미를 부여할 필요는 없을지도 모른다. 하지만 듣고 보니 정말 우리가 살아가는 모습과 닮아 있다고 느꼈다. 아니, 어쩌면 우리가 '살고 싶은' 모양과 많이 닮아 있었다.

왜 그동안 산책하듯 살지 못했던 걸까. 목적지 없이 가벼운 마음으로, 호기심이 이끄는 방향으로 천천

이 훤히 보이는 상태로 지냈다. 다행히 십장생 무늬가 약간 불투명한 소재라 사생활을 어느 정도 보호해줬다 (이 글을 쓰고 있는 지금도 커튼을 달지 못해 사슴과 눈을 마주치고 있다).

거실 소파에 앉아 있거나 화장실에 들락거릴 때마다 창 너머로 건너편 집의 거실이 보였다. 일부러 훔쳐보려고 한 건 아닌데, 커튼이 없는 집끼리 마주 보고 있다 보니 자연스레 눈길이 향했다.

그 집에는 중년의 외국인 남성이 살고 있었다. 은은한 노란 조명의 거실 한쪽엔 임스 라운지체어가 하나 놓여 있다. 저녁이면 아저씨는 늘 그 의자에 앉아 같은 자세로 휴대폰이나 책을 들여다본다. 비슷한 시간의 비슷한 장면. 거의 매일 같은 모습에 처음엔 당황했지만 점점 익숙해졌다.

이상하게도 그 광경이 전혀 불편하지 않았다. 오히려 기분이 좋았다고 해야 할까. 평소라면 창 너머로 누군가의 생활이 보이는 것 자체가 신경 쓰였을 텐데 말이다. 아마도 단정한 차림과 깨끗하게 정돈된 집이 보는 이에게 편안함을 주었기 때문인 것 같다. 만약 그가 속옷만 입고 있거나 집 안이 지저분하게 어질러져 있었다면 느낌은 전혀 달랐을 것이다. 너무 꾸미지 않았지만 너무 흐트러지지도 않은 모습. 아저씨는 혼자 있는 공간에서도 누군가가 보고 있다고 생각하며 행동하는 사람 같았다. 그게 꽤 인상적이었다.

프랭키와 나는 그를 '멘시키 아저씨'라고 부르기 시작했다. 무라카미 하루키의 소설 《기사단장 죽이기》에 나오는 조용하고 여유롭고 근사한 백발의 신사, 멘시키 와타루. 수수께끼를 가진 그 인물에서 따온 별명이다. 자기만의 고요한 세계에 몰두하며 흐트러지지 않는 태도가 소설 속 멘시키와 닮았다고 느꼈다. 이름을 붙이고 나니 창 너머의 풍경이 마치 영화나 소설의 한 장면처럼 느껴졌다. 멘시키 아저씨는 오늘도 임스 라운지체어에 앉아 책을 읽고 있다.

문득 집에서 혼자 있을 때의 내 모습이 궁금해졌다. 우리 집에서 맞은편 집이 보이는 것처럼 그 집에서도 우리 집이 보일 게 분명했다. 누군가 나를 보고 있을지도 모른다는 생각에 행동거지에 신경을 써야겠다는 마음이 퍼뜩 들었다. 물론 커튼을 달면 해결될 일이다. 하지만 커튼의 유무와 상관없이, 집에 혼자 있을 때도 흐트러지지 않는 태도에 대한 동경이 생겼다. 머리카락 한 올까지 완벽하게 정돈된 상태는 아니더라도, 적어도 우연히 내 모습을 본 누군가에게 부끄럽지 않을 정도의 차림을 유지하고 싶었다. 단정하고 근사한 '멘시키 아저씨'처럼.

그간 집에 있을 때면, '집인데 뭐 어때, 어차피 보는 사람도 없는데'라는 생각으로 아무렇게나 입고 있었다. 외출복으로 입기엔 민망할 정도로 해진 티셔츠를 걸치거나 대낮에도 파자마를 입거나. 집이니까 편하면 그만이라고 여겼다. 그런데 그게 정말 편한 상태였을까?

몸이 편하다고 해서 마음까지 편한 것은 아니다. '편하다'에는 "몸이나 마음이 거북하거나 괴롭지 아니하여 좋다"라는 뜻이 담겨 있다. 마음이 좋은 상태를 유지하려면 내 삶을 이루는 영역을 세심히 살피는 태도, 나 자신에게 최소한의 예의를 지키려는 마음이 먼저 마련되어야 할 것이다. 이런 알아차림 뒤에, 서촌을 산책하다 우연히 들른 가게에서 양말을 하나 샀다. 만 원이 훌쩍 넘는 가격에 잠시 망설였지만, 양쪽이 서로 다른 불규칙한 패턴이 마음에 쏙 들어서 결국 구매했다.

의외로 그 양말에 자주 손이 갔다. 발을 감싸는 부드러운 촉감도 좋았지만, 무엇보다 신을 때마다 기분이 좋아졌다. 나 자신에게 선물한 날을 자주 추억하는 기분은 아무도 모르는 나만의 사치였다.

요즘은 이렇게 소소한 영역부터 하나씩 바꿔나가고 있다. 꼭 특별한 날에만 멋진 옷을 입기보다는, 집에서 혼자 책을 읽을 때도 가장 좋아하는 청바지를 입는다. 손님이 올 때만 꺼냈던 컵에 매일 커피를 담아 마신다. 반가운 친구가 언제든 방문할지 모른다는 마음으로 집 안을 정돈된 상태로 유지하려 의식한다. 단정하고 차분한 나 자신을 마주하는 일은, 아무렇게나 걸쳐 입은 볼품없는 모습의 나를 바라볼 때보다 한결 편안하다. Ⓚ

조용한 응원

"야, 담임선생님이 교무실로 오래."

쉬는 시간, 책상에 엎드려 단잠에 빠져 있던 나를 친구가 깨웠다. 고등학교 2학년 때 겪은 일이다. 교무실이라고 해서 의아했다. 지금은 그렇게 안 보일지 모르지만, 당시 나는 교무실보다 학생부실에 더 자주 불려 가던 학생이었다.

그 시절 나는 공부에 대한 의욕이 도통 없었다. 왜 다들 공부를 하라고 안달인 건지, 하지 않으면 정말 어떻게 되는 건지 이해하지 못해서 방황했다. 그렇다고 음악이나 미술, 체육 같은 분야에 특별한 재능이 있지도 않았다. 그저 '남들이 나를 어떻게 볼지', 그리고 '야간 자율학습을 하지 않을 방법은 무엇일지'에 온통 관심이 쏠려 있었다(덕분에 훗날 재수와 삼수의 쓴맛을 보게 된다). 그래도 교무실 호출이라니 약간은 안도했다. 매를 맞거나 크게 혼나는 일은 대개 학생부실 담당이었으니까.

담임선생님은 옆에 있는 동그란 의자에 앉으라고 하더니 새하얀 편지봉투 하나를 내밀었다. 봉투 안에는 곱게 접힌 내용물이 들어 있고 입구는 풀로 딱 붙어 있었다. 선생님은 자신의 수첩을 함께 건네더니 거기에 적힌 '보내는 이'와 '받는 이'를 봉투에 그대로 옮겨 적으라고 했다.

나는 영문도 모른 채 시키는 대로 했다. 선생님은 내가 제대로 옮겨 적었는지 대충 확인하고는 이제 됐으니 교실로 가보라고 했다. 참 이상한 일이었다. 직접 했으면 몇 초 만에 끝날 일을 왜 굳이 나를 불러 시켜야 했던 걸까. 교실로 돌아와 나를 깨운 짝꿍에게 그 이야기를 했더니 친구가 말했다.

"너 잘 때 담임이 네 노트 열어보고 갔어."

공부와 담을 쌓은 고등학생치고는 글씨를 어른스럽게 쓴다는 이야기를 종종 듣곤 했다. 어려서부터 공책에 뭔가 적는 행위를 좋아하기도 했다. 사각사각한 연필의 필감이 좋았고 반듯하게 한 줄씩 글씨를 쭉 적어나가다 어느새 노트의 한 페이지가 꽉 채워질 때쯤 밀려오는 만족감과 뿌듯함을 즐겼다. 초등학교 6학년 때는 글씨를 잘 썼다는 이유로 여름방학 숙제로 제출한 내 일기장이 교실 뒤편에 전시된 적도 있다. 물론 아무도 내 동의는 구하지 않았다.

담임선생님이 그날 왜 나를 불러 편지봉투에 이름과 주소를 대신 써달라고 했는지 그때도 지금도 이유를 모른다. 두 가지 정도로 추측할 뿐이다.

추측 1. 선생님은 아마 '지금은 네가 공부에 의욕도 관심도 없을지 모르지만 그런 너도 한 가지쯤 잘하는 일이 있어. 그리고 그걸 내가 알고 있어'라고 말해주고 싶었던 것 같다. 그게 내가 생각한 첫 번째 이유다.

추측 2. 다른 한 가지는 '네가 출석부를 위조했다는 걸 알고 있어' 하는 경고의 메시지를 주고 싶었던 것 같다. 당시 우리 반에는 수업을 상습적으로 빼먹는 녀석이 있었다. 뭘 하고 돌아왔는지, 그 친구는 출석부를 들고 나타나서는 내게 선생님들 사인을 대신해달라고 부탁하곤 했다. 내가 글씨를 어른스럽게 쓴다는 걸 알았기 때문이다. 그렇게 우리는 한 팀이 됐다. 친구가 결석 체크돼 있는 페이지를 찢어버리면, 나는 깨끗한 페이지에 선생님들의 사인을 위조했다. 친구는 고맙다며 이것저것 맛있는 걸 사줬다. 그래봤자 매점에서 파는 야채호빵 정도였지만.

두 가지 추측 중 진실이 무엇인지는 알 수 없다. 첫 번째가 맞을 수도 있고, 두 번째가 맞을 수도 있고, 둘 다일지도 모른다. 아니면 전혀 다른 이유가 있었는지도 모르겠다(예를 들면 선생님이 엄청난 악필이었다든지). 하지만 진실이 무엇인지와 상관없이 그 사건은 나를 바꿨다.

우선은 출석부에 가짜 사인을 하는 일을 그만두었다. 하얀 편지봉투에 선생님 대신 이름과 주소를 쓰고 돌아온 뒤로는 친구가 아무리 부탁해도 딱 잘라 거절했다. 내가 하는 잘못된 행동을 누군가가 알면서도 조용히 눈감아주고 있을지도 모른다는 생각이 들자 참을 수 없이 부끄러웠다. 대놓고 꾸중을 듣거나 많은 사람들 앞에서 망신을 당한 것보다 훨씬 깊은 곳에서 배어 나오는 창피함이었다. 그 일은, 훗날 내가 가능한 한 자신에게 솔직해지려고 노력하는 마음의 씨앗이 되어주었다.

그리고 '너도 잘하는 게 하나쯤 있어' 하는 위로는, 비록 내 마음대로 해석한 것일지라도 살면서 실패와 좌절을 맛볼 때마다 은근히 힘이 됐다. 글씨를 어른스럽게 쓴다는 건 어른이 된 이후로는 칭찬받을 일도, 잘난 일도 아닌 게 되었지만, 한때 나도 잘하는 게 있었다는 사실은 다른 가능성을 시사했다. 재수를 하면서 공부가 손에 잡히지 않을 때, 취업 준비에 지칠 때, 회사 생활이 나와 맞지 않는다는 걸 느낄 때마다 '정 안되면 다른 거 하면 되지' 하는 일말의 자신감이 들었다.

우리는 흔히 누군가를 칭찬하거나 충고하고 싶어 한다. 그러면서 '이게 다 너를 위한 일'이라고 말한다. 그런데 가만히 생각해보면, 칭찬도 충고도 결국 상대보다 내가 우위에 있음을 전제로 한다. 충고인 경우, 나는 맞고 너는 틀리다. 칭찬인 경우, 나는 맞고 너는 가끔 맞다. 이렇게 수직성이 내포된 관계에서의 평가는 상대방의 행동을 일시적으로 바꿀 수 있을지는 몰라도 태도까지 바꾸기는 어렵다.

괜한 오지랖보다는 조용한 응원이 낫다. 그 응원은 꼭 말이 아니어도 괜찮다. 말이 아닐수록 좋다. 그 시절 내가 겪었던 것처럼 스스로 물음표를 던지며 살아갈 수 있는 단 5분의 경험만으로도 충분하다.

지금도 하얀 편지봉투를 떠올리면 그 안에 있던 것이 내용증명일지 아니면 그저 편지였을지, 선생님은 과연 내가 출석부를 위조했다는 사실을 알고 계셨을지 등 여전히 풀리지 않은 수수께끼가 남아 있다. 그러나 한 가지는 확실히 말할 수 있다. 그 일은 내가 살아가는 내내 조용히 나를 위로하고 응원해줬다는 사실이다. 그 어떤 칭찬 혹은 충고보다 더 오래도록.

P.S.
그때는 별로 친하지 않았던 CCJ 선생님, 잘 지내시죠? (F)

마음을 다해 대충

광화문 교보문고에 자주 간다. 책을 사러 가기도 하지만, 주차 시간이 2~3시간 필요할 때 서점 주차장을 이용하는 편이다. 회원 등급에 따라 책 한두 권을 사면 무료 주차 시간이 주어지기 때문이다. 꼭 주차가 아니더라도 산책을 하다 보면 홀연히 서점으로 발길이 이끌리기도 한다. "읽을 책을 사는 게 아니라 산 책 중에 읽는 것"이라는 김영하 작가의 말을 가슴에 품고, 사고 싶은 책이 나타나주길 바라며 서점에서 시간을 보내곤 한다.

많은 책을 읽지는 않아도 책 구경은 좋아한다. 편하게 둘러보다 우연히 마음에 드는 문장을 만나면 한 권씩 집어 들어 읽는 식이다.

그날따라 눈에 들어온 제목이 있었다(엄밀히 말하면 부제다). 마음을 다해 대충 그린 그림. 마음을 다해 대충 그린다고? 모순적인 표현에 끌려 책을 집어 들었다.

대충 하는 게 낫다고, 자신은 그런 사람이라고 당당하게 말하는 사람이 있다니 반갑고 신기했다. 그렇지 않아도 취미로 아이패드에 그림을 그리기 시작하던 차라 홀린듯 책을 펼쳤다. '이 그림체를 어디서 봤더라?' 하고 한 장씩 넘겨 보는 사이에, 집에 있는 무라카미 하루키의 에세이 《이렇게 작지만 확실한 행복》에서 본 그림체라는 걸 깨달았다.

지금은 고인이 된 안자이 미즈마루는 하루키가 쓴 에세이에 대부분의 삽화를 그린 일러스트레이터로 많이 알려져 있는데, 소설까지 쓴 작가라는 점은 이날 처음 알았다. 광고 회사와 출판사에서 아트 디렉터로 일하다 32세부터 만화가, 일러스트레이터, 에세이스트, 소설가, 번역가로 왕성하게 활동했다고 한다.

그나저나, 대충하되 마음을 다하는 게 정말 가능할까? 그동안 '대충'이라는 말은 어쩐지 부정적인 느낌이 강했다. "이렇게 대충 할 거야? 너무 성의 없지 않아?" 같은 말에 익숙해서 무엇이든 '열심히' 하려고 애썼다. 남들에게 실력을 들키는 게 부끄럽고 싫어서 뭔가를 시작할 땐 의욕이 넘쳤어도 정작 오래 지속하지는 못하는 편이었다. 예를 들면 이랬다. 영어를 잘하는 사람들을 보면 자극을 받아 바로 영어 공부를 시작한다. 며칠을 '열심히' 하다 지쳐서 한 달도 못 가 그만두는 식이었다.

퇴사 후 이것저것 시도하다 온라인 비즈니스를 하던 때도 그랬다. 관련 강의를 듣고 온라인 편집숍을 운영해보기로 했다. 국내외에서 팔고 싶은 물건을 소싱하고 오픈마켓 상세 페이지를 '열심히' 만들었다. 주문이 들어오면 감사한 마음에 밤늦도록 발송 처리에 매달렸다. 내 일이라는 책임감에 몰두하다 보니 '한 달에 얼마는 벌어야지'라는 목표가 생겼고, 운 좋게 월급의 두세 배를 벌 때도 있었지만, 흥미는 금세 식어버렸다. 너무 열심히 한 탓에 질려버린 것이다.

 재지마인드

사람마다 이해하는 방식은 다르겠지만, 나에게 '열심히'는 어떤 목적지를 향해 현재를 희생하며 온 힘을 쏟는 태도에 가깝다. 내 머릿속 '열심히'라는 단어 안에는 과정보다 결과를 중시하는 자세라는 뉘앙스가 은근히 깔려 있었던 모양이다. '토익 점수 몇 점 이상', '월 수익 얼마 이상' 같은 기준이 서면 어느새 성과 달성에만 매몰되곤 했다.

〈재지마인드〉 채널을 시작할 때도 비슷했다. 초반엔 주 1회 업로드가 익숙하지 않아 밤샘 편집이 잦았다. 그러다 조금 익숙해질 무렵에는 욕심이 나서 일주일에 2개의 영상을 올린 적이 있다. 우리의 경우에 하나의 영상을 촬영하고 편집하는 데 3~4일가량이 소요되는데, 일주일에 2개를 업로드 하려다 보니 휴일 없이 한 주가 고스란히 사라졌다. 체력이 바닥나자 '이걸 언제까지 할 수 있을까?' 하는 회의감이 밀려왔다. 다행히 정신을 차려 3주 만에 다시 주 1회 업로드로 돌아왔다. 만약 그때 더 억지로, 더 열심히 운영했더라면 지금쯤 〈재지마인드〉는 세상에 없을지도 모른다.

열심히 하는 게 잘 맞는 사람도 있을 것이다. 하

지만 나란 사람은 '열심히 해야지'라고 마음을 먹을수록 쉽게 지쳤다. 세상에는 이런 사람도 있고 저런 사람도 있는 법이니까.

　마음을 다해 대충한다는 건 힘을 빼고 나 자신이 된다는 의미인지도 모른다. 어떤 일을 오래 즐기며 지속할 수 있다는 것은 마음을 다해 나를 지킬 줄 아는 사람들만 누릴 수 있는 특권일지도. Ⓚ

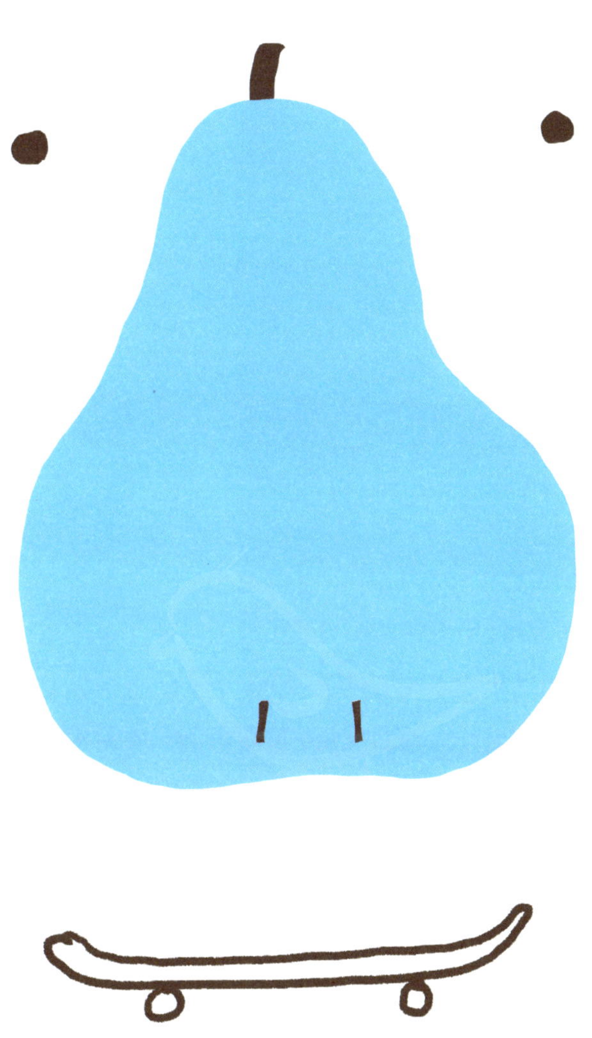

일기를 쓰는 마음

"평소에 일기를 쓴다, 하는 분 계신가요?"

얼마 전 청년들을 대상으로 강연할 기회가 있었는데 거기서 건넨 질문이다. 40명 남짓한 청중을 향해 손을 들어달라고 했더니 4분의 3가량이 손을 들어서 헉하고 놀랐다. 당황한 이유는 그날 준비한 핵심 내용 중 하나가 '일기를 쓰자'였기 때문이다.

아직 시작한 지 15분밖에 안 되었으므로 다들 이만 집에 돌아가셔도 좋다고 말하고 싶은 심정이었다.

이미 잘하고 계시는데 무슨 말이 더 필요할까.

"음, 그러면 일기를 매일 쓴다, 하는 분은요?"

추가 질문을 던지자 절반 이상이 손을 내렸다. 그 모습을 보며 놀란 마음을 슬쩍 쓸어내리고, 이때다 싶어 준비한 멘트를 날렸다.

"저도 노력은 하는데 매일 쓰는 게 쉽지가 않더라고요. 그런데 매일 쓰라고 해서 일기(日記)인 거 아시죠…?"

그날의 강연의 주제는 '나다운 일을 찾는 여정'이었다. 일을 찾는데 웬 일기? 강연을 준비하면서 스스로도 의아했던 부분이다. 나는 왜 일기에 대해 말해야 했을까? 이 이야기의 시작은 2년 하고 몇 개월 전으로 거슬러 올라간다.

2023년 8월, 유튜브 채널에 영상을 올리기 시작했다.

첫 영상은, 우린 2~3년 전에 각자 다니던 회사를 퇴사했고 지금은 하고 싶은 일, 좋아하는 것을 찾으며 시간을 보내고 있다. 불안하긴 하지만 잘 해낼 거라 믿는다. 앞으로 좋아하는 일, 하고 싶은 일을 계속 찾아

나가는 과정을 영상으로 하나씩 기록할 생각이다… 하는 내용이었다. 영상을 만들어 공개하는 것은 처음이라 허둥지둥 편집해 짧은 영상 하나를 가까스로 업로드 했다. 한숨 돌릴 새도 없이 바로 다음 영상에 대한 고민이 시작됐다. 누가 매주 하라고 시킨 일도 아니었는데 말이다.

그렇게 영상을 한 편, 두 편 만들어가며 마주한 사실은, 좋아하는 일과 하고 싶은 일을 찾겠다고 호기롭게 밝혔지만 막상 내가 뭘 좋아하는지, 하고 싶은 일이 뭔지 잘 모르겠다는 막막함이었다. 특히 일은 돈을 버는 수단인 동시에 삶의 가장 많은 시간을 차지하는 부분인데, 30여 년간 '하고 싶은 일'이 무엇인지 깊이 고민한 적 없는 스스로가 한심하고 답답했다. 어휴, 지금까지 어떻게 살아온 거야?

그럼에도 지금껏 한 주도 쉬지 않고 130여 개의 영상을 제작해왔다. 혹시 누군가 '이제껏 지속할 수 있었던 원동력 같은 게 있다면?' 하고 묻는다면(실제로 그날 강연에서 받았던 질문이다) 주저 없이 일기 덕분이라고 답하고 싶다. 그 이유는 크게 두 가지다.

첫째는, 일기를 쓰기 시작하며 내가 좋아하는

것, 느낀 점 등을 활자화된 상태로 처음 대면할 수 있었다. 첫 영상을 만들면서 답답한 심정에 매일 일기를 썼다. 대부분 이런 내용이었다.

이제까지 내가 이렇게 살아온 것을 누굴 원망하겠나. 차라리 이 기회에 똑바로 마주하고 싶다. 영상을 만든다는 이유로 그간 누리고 싶던 것, 하고 싶던 일들을 하나하나 경험하고 느끼고 싶다….

글이라는 형태로 생각을 끄집어내니 마음이 한결 편안해졌다. 기록을 읽고 수정하며 '내 생각이 이렇구나' 눈으로 확인하자 비로소 안도가 찾아왔다. 답답해서 쓰기 시작한 일기이지만, 지금은 일기 속에 쓰여 있는 나를 발견하는 과정이 어떤 일보다 즐겁다. 지금은 일기 덕분에 삶을 어떤 식으로 운영해나가고 싶은지 마주하고 있다.

둘째는, 일기를 썼기에 '일기를 쓰는 마음'으로 영상을 만들어올 수 있었다. 내게 '일기를 쓰는 마음'이란, 누구에게 보여주기 위해서가 아니라 나중에 다시 읽어볼 나를 위해 지금의 감정을 솔직하게 기록한다는 뜻이다. 누군가에게 인정받거나 평가받고 싶은 마음이었다면 성격상 즐겁게 지속할 수 없었을 게 분명하다.

즐겁지 않은 일은 금세 무력감이 밀려오고 포기로 이어지기 마련이니까.

한편 일기를 쓸 때는 형식도 분량도 따질 필요가 없어서 편하다. 글씨를 잘 쓸 필요도, 멋진 문장을 만들어내려 애쓸 필요도 없다. 맞춤법이 틀려도 상관없다. 그저 원하는 방식으로 원하는 이야기를 펜 끝에 스윽 실어 보낼 뿐이다. 꼭 펜이 아니어도 좋다. 키보드나 휴대폰을 이용하면 훨씬 빠르게 쓸 수 있고 쉽게 수정할 수도 있다. 나는 두 가지 방식을 다 사용한다. 몰스킨 노트에 그림일기를 쓰기도 하고, 노션이나 메모 앱을 이용하기도 한다. 어쩔 땐 인스타그램에 바로 적어 올리기도 한다(키키는 자신의 미도리 노트와 블로그에 일기를 기록한다. 우린 서로의 몰스킨과 미도리 노트를 절대로 열어보지 않는다. 적어도 내가 아는 한은 그렇다).

어떤 일이든 일기를 쓰는 마음으로 대하고 싶다. 그렇게 편안하고 자연스러운 내가 되어 하는 일이 결과적으로도 좋았던 경험이 많다.

일기를 쓰는 일은 오늘을 사는 일 같기도 하다. 오늘 마주한 장면을 짤막하지만 진솔한 글로 붙잡아

　　　　　　　　　재지마인드

두는 일. 오늘의 사소한 감정과 느낌을 잘 닦아 소중
한 곳에 보관하는 일. 내가 선택한 것들을 돌아보며 책
임감을 마주하는 일. 이런 작은 점들이 모여 선이 되고
면이 되어 '나'라는 사람의 취향이나 인격이 입체적으로
형성되는 건 아닐까.

그래도 역시 '매일' 일기를 쓰는 건 쉽지 않다.

기록한다는 건 결국 시간의 흐름 속 존재의 흔적을 남기는
일이 아닐까. 동시에 현재를 사는 방법처럼 느껴진다.
오랜 시간 동안 더 많이 기록하고 싶다.
사진이든, 영상이든, 글이든, 그림이든. 어떤 것이든.
나만의 방식으로.

살고 싶은 동네

종로구로 이사 온 뒤, 태어나 처음으로 '살고 싶은 동네'에 머물고 있다고 실감하고 있다. 별일 아닌듯 싶지만 살고 싶다고 생각한 동네에 실제로 살아보는 경험을 왜 이제야 하게 됐는지 모르겠다. 여행을 하다 보면 누구나 한 번쯤 '와, 여기서는 한번 살아보고 싶다'고 느끼는 지역과 동네가 있기 마련일 텐데, 그와 같은 바람을 실제 생활에, 그러니까 서울에서 실천할 생각은 도무지 해보지 못했다.

오히려 좋아한다고 생각하지 않는 일을 할 때는 살고 있는 동네에 대체로 만족하며 살았다. 하는 일과 사는 곳이 무슨 상관이 있었던 걸까. 직장의 위치에 따라 '살 수 있는 곳'이 한정돼 있었던 게 이유일지도 모른다. '붙는' 대학에 입학했던 것처럼 '합격하는' 회사에서 일하다 보니 살고 싶은 동네 같은 낭만을 찾을 여유가 없었는지도 모르겠다. 집은 모름지기 출퇴근하기 '적당한' 거리면 충분했다.

과거에 집을 구하던 순서와 논리는 이랬다.

1. 일단 우리가 가진 예산과 (무리한) 대출 가능 금액을 알아본 후 가격대를 정한다.
2. 키키와 나의 직장에서 출퇴근할 만한 거리에 있는 집들을 후보에 올린다(주로 아파트).
3. 살 만한 동네인지 직접 다녀보면서 확인한다.
4. 이와 같은 과정을 반복한다.
5. 매우 반복한다.

지금은 달라졌을까? 최근 이사를 하며 고민했던 순서를 떠올려보자면, 이런 식이었다.

1. 살고 싶은 지역을 몇 군데 정한다.

2. 예산을 고려해 후보를 추린다.

3. 깨끗하고 살 만한 집인지 점검한다.

4. 역시 반복한다.

웬일로 '살고 싶은 지역'이 맨 앞으로 등장했다.

솔직히 말하면, 둘 다 직장을 그만두고 회사원에서 프리랜서로 전향하며 출퇴근의 제약에서 자유로워진 점은 인정한다. 하지만 꼭 상황이 변하지 않았다 하더라도, 다시 말해 여전히 직장에 다니고 있다고 해도 사고방식의 전환은 충분히 가능했으리란 걸 비로소 깨닫고 있다.

꼭 아파트여야 할까? 굳이 매매의 형태여야 할까? 심지어 반드시 한국이어야 할까? 다양한 선택지가 이미 존재하고 있었다는 사실이 이제야 보이기 시작한다.

살고 싶은 동네에 살며 달라진 것은 단순히 사는 곳의 위치만은 아니다. 지역과 동네가 달라졌으니 확실히 '위치'를 기반한 변화가 맞긴 하지만, 역시 그것만으로 한정 지어 설명할 수 없는 층위가 존재한다.

살고 싶은 동네에 이사 온 후에 무엇이 달라졌는지 키키와 이야기를 나눈 적 있다. 새로운 동네의 풍경과 거기 맞춰 변화된 일상을 돌아보는 재미가 무척 쏠쏠했다.

식습관

한때 애정하던 버터 바른 식빵을 조금 덜 먹게 됐다. 살면서 처음으로 받는 PT 수업이 변화의 계기였다(화려하고 부담스러운 헬스장이 아닌 PT 전문숍이 집 근처에 있어서 용기를 낼 수 있었다). 적지 않은 비용을 건강에 투자하다 보니 돈이 아까워서라도 음식을 잘 챙겨 먹게 됐고 자연스럽게 식습관이 변했다. 코치님들의 조언에 따라 주로 두유, 땅콩버터가루, 생선류, 닭가슴살, 스크램블드에그 같은 단백질이 많이 함유된 식단을 유지하고 있다.

식사 빵도 식빵에서 곡물 바게트, 사워도 등 혈당이 비교적 천천히 오르는 종류로 바꿨다. 샌드위치도 가공된 햄보다는 닭고기나 돼지고기가 들어 있는 것을 고르고 외식을 할 때는 한식 위주로 먹으려 한다.

○ 좋아하는 식당: 모브, 광화문국밥, 엄용백돼
지국밥, 대접광화문만두, 시미즈라멘, 지미존
스, 허수아비돈까스 정동점, 난포 광화문

달리기 코스

마포구에 살 때는 한강변을 달렸지만 이제는 경복
궁을 두 바퀴 돈다. 2~3일에 한 번 5킬로미터를 5~6분의
페이스로 무리하지 않고 달린다. 천변에서 출발해서 망
원 한강공원까지 갔다가 돌아오는 코스도 좋아했지만,
경복궁 주변을 달리는 것은 또 다른 매력이 있다. 궁벽
을 따라 늘어선 나무의 모양이나 멀리 바위산을 눈으로
좇다가도 시선을 돌리면 한복 입은 관광객을 구경할 수
있어서 달리는 동안 지루할 틈이 없다.

가끔 운이 좋으면 봉태규 배우, 이엘 배우, 미스
터 카멜, 임경선 작가 등 유명인도 볼 수 있다(〈재지마인
드〉의 키키와 프랭키도 볼 수 있습니다).

○ 좋아하는 달리기 코스: 단연 경복궁 주변

커피

집에서 드립 커피를 내려 마시기 때문에 원두를 홀빈으로 구매하는데, 전에는 집 근처에 마땅한 커피 원두 판매점이 없어 온라인 주문에 의존했다. 광화문 근처로 이사 온 뒤로는 산책길에 '나무사이로', '커피스트', '테라로사'에 들러 원두를 구매한다. 우연히 맛있는 드립 커피를 마신 곳에서 원두를 사 오기도 한다.

전에는 온라인으로 주문하는 게 당연하다고 생각했는데, 이제는 선택지가 많아져서 굳이 배송비를 지불하지 않고 오프라인으로 구매하는 걸 선호하게 됐다. 1킬로그램씩 대량으로 사던 습관 대신 200그램, 300그램씩 구매해 다양한 맛을 신선하게 즐기는 재미도 쏠쏠하다.

○ 좋아하는 카페 및 베이커리: 나무사이로, 커피스트, 아티스트 베이커리, 벌새, 테라로사, 블루보틀, 파스텔커피웍스, 39도 스콘, 나흐바, 밀도

산책 코스

전에도 주변에 녹지가 많아 산책하기 좋은 환경이라고 생각했는데, 광화문 근처에 살면서는 사방팔방으로 산책할 코스가 있어서 더 자주 나가게 된다. 집이 좀 작고 노후화됐을지언정 문밖을 나서면 자연과 문화가 공존하는 도심에서 살길 고집하는 뉴욕 사람들처럼, 우리가 광화문 근처에서 살고 싶던 가장 큰 이유는 대도시를 휘적휘적 산책할 수 있어서였다.

광화문 광장을 5분 만에 갈 수 있고, 서촌과 북촌을 걸어서 누비고, 마음먹으면 인왕산과 부암동까지 걸어갈 수 있다. 한산한 평일 낮의 국립현대미술관을 몇 시간씩 둘러보고, 덕수궁 돌담길을 활보하고, 청계천을 걸으며 왜가리와 쇠백로에게 인사를 건넨 다음, 버스킹 연주를 듣고 올 수도 있다. 외국인 관광객들 사이에 섞여 걷다 보면 내가 사는 곳이 서울인지 어디인지 가끔 헷갈리면서 여행자의 마인드가 절로 장착된다.

생활 인프라가 부족할 것 같지만 강북삼성병원, 농협하나로마트가 꽤 가까운 거리에 있다. '한번 살아볼까?' 했다가 눌러 살고 싶은 사람이 많은 이유를, 이 글을 쓰다 보니 알 것도 같다.

○ 좋아하는 산책 코스: 너무 많아서 생략

마지막으로, 우리가 애용하는 가게의 사장님이나 스태프분들과 서로를 알아보고 인사하는 사이가 됐다. 이런 인간미가 주는 풍요를 말로 다 설명할 수는 없을 것 같다. 자연스럽게 연결되는 관계 속에서 하루하루를 지내다 보면 '삭막한 도시'나 '바쁜 현대인' 같은 단어는 잠시 잊는다.

내가 살고 싶다고 생각하는 동네는, 내가 살고 싶다고 생각하는 삶의 모습에 가장 가까운 장소가 아닐까. 누구에게나 그런 동네가 마음속에 하나쯤 존재한다고 믿는다. Ⓕ

광화문국밥 아저씨

"우리 아들이 힙합 하겠다고 공부를 때려치웠잖아."

저녁을 먹으러 광화문국밥에 들러 평소처럼 보통 하나, 특 하나를 주문했다. 그런데 오늘은 옆자리 아저씨 목소리가 유독 크게 들려왔다. 공부를 때려치웠다고? 나도 모르게 귀가 쫑긋해졌다. 나만 그런 줄 알았는데 프랭키 역시 슬그머니 대화를 멈추고 귀를 기울이고 있었다.

듣자 하니 아저씨의 큰아들은 중학교 2학년 기

말고사가 끝나자마자 '공부는 더 이상 나와 맞지 않는다'며 힙합을 하겠다고 선언했단다. 그러더니 몇백만 원짜리 EDM 장비를 사달라고 요구했다는 것이다.

"그래서 사주셨어요?"

아저씨 맞은편에 앉은 여자가 물었다.

"처음엔 안 된다고 했지. 학원부터 다녀보든가 피아노나 기타부터 배우라고 했어. 그랬더니 애가 집에서 시체처럼 누워만 있더라고. 아무것도 안 해. 숙제도 안 하고."

결국 아저씨는 버티다 못해 비싼 기계를 사줬다. 실용음악 학원을 다녀보라고 권했지만 아들은 혼자서 공부해보겠다고 고집을 피웠다. 그렇게 독학으로 1년을 보내더니, 이제 학원에 보내달라고 말하더란다. 아저씨는 그걸 들으며 헛웃음만 나왔다고 했다. 이어서 맞은편의 일행에게 말했다.

"그때 내 말 듣고 학원에 갔으면 1년은 아낄 수 있었던 거잖아. 결국 제자리로 돌아온 거지…."

이제 고3이 된 아들은 지금은 실용음악 학원에 돈을 쏟아붓고 있다고 했다. 그나마 다행인 것은 학원 선생님 말은 잘 듣는다면서, 피아노도 배우기 시작했다고 한다.

“부모 말은 귓등으로 듣고 학원 선생님 말은 바로 듣는다니까. 어쩔 수 없지 뭐.”

맞은편 여자가 조심스럽게 물었다.

“그래도 중학생 때 그렇게 확신에 차서 공부를 포기하고 힙합을 하겠다는 건, 정말 대단한 거 아니에요?”

아저씨는 떨군 고개를 절레절레 저었다.

“내가 보기엔 그냥 공부가 하기 싫은 거야. 〈고등 래퍼〉니 〈쇼미 더 머니〉니 하는 걸 보더니 거기 나오는 사람들이 멋져 보여서 그런 거지. 그냥 그거야. 나도 부모 때문에 음악 포기했다 이런 소리 듣기 싫으니까. 그냥 포기한 마음으로 키워.”

한동안 아저씨의 아내는 우울증까지 앓았다고 했다. 착하고 말 잘 듣던 큰아들이 갑자기 학교 공부는 안하고 힙합을 하겠다고 해서 충격이 컸던 모양이었다. 그러면서 아저씨는 “요즘은 아들한테 아무 말도 안 해”라고 말했다. 음악은 잘되냐, 시험은 잘 봤냐, 그런 말은 일절 묻지 않는다고 했다. 그러니 비로소 가족 모두가 편안해졌단다.

“아들이 고3인데 6월 모의고사가 있다는 걸 뉴

스 보고 알았어. 수능 전에 제일 중요한 시험이잖아. 내 자식 일인데도 그걸 뉴스를 보고 알아야 한다니, 참…. 애가 날 닮아서 엄청 내성적이거든. 엄마한테 뭘 부탁할 때도 끙끙 앓다가 울면서 말하는 놈이야. 그런 애가 무슨 힙합을 하겠다고…. 내가 봐도 예술가랑은 거리가 먼데, 답답해 죽겠어.”

그렇게 투덜대면서도, 내 아들은 사고 한 번 친 적 없고 학교는 안 빠지고 꾸준히 다닌다고 했다. 공부는 안 해도 결석은 안 한다, 밤새 뭘 하는지는 몰라도 새벽 3시까지 깨어 있다가 잔다고.

나는 아저씨 얼굴을 힐끔 바라봤다. 본인 말대로 음악 하는 사람과는 좀 거리가 있어 보이는 외모였다. 그래도 그 얼굴 안에 걱정과 남모를 희망이 뒤섞여 있는 것 같았다. 무심한 척하면서도 어느 대학의 실용음악과 입시 경쟁률이 몇 대 몇인지 줄줄 꿰고 있었다.

천천히 식사를 마친 뒤에 밖으로 나와 프랭키에게 물었다.

“혹시 옆 테이블 대화하는 거 들었어?”

“응, 너무 흥미로워서 듣지 않을 수가 없더라고.

아저씨 목소리도 크고. 아빠가 딕션이 좋은 걸 보면 아들도 분명 힙합 잘할 것 같은데.”

나는 들은 내용을 머릿속으로 정리하면서 말했다.

“부모와 아들 양쪽 입장이 다 이해가 가긴 하는데, 이상하게 아들을 응원하게 되더라. 학원에 바로 안 가고 혼자 해보겠다고 한 게 멋있어 보였어. 중학생이 어떻게 그럴 수 있었을까? 결국 혼자 해보고 나서 자발적으로 학원이 필요하다고 보내달라고 판단한 거잖아.”

“맞아. 스스로 한번 해보는 게 중요하니까.”

만약 내 아이가 그랬다면 나 역시 무조건 응원할 수 있을까? 확신은 없다. 그래도 이거 하나는 물어보고 싶다.

“우와, 하고 싶은 걸 어떻게 찾았어? 나도 찾고 싶은데, 부럽다!” Ⓚ

지도에 없는 곳

고레에다 히로카즈의 영화 〈바닷마을 다이어리〉를 좋아해 여러 번 봤음에도 그 원작이 만화(요시다 아카미 지음)라는 사실을 최근에야 알게 되었다.

이 흥미로운 사실을 알려준 친구는 만화책을 소장하고 있으니 언제든 빌려 가라고 했다. 그렇게 빌려 읽은 만화에는 영화에 등장하지 않는 매력적인 인물이 꽤 많이 나왔다. 그중 6권에 수록된 〈지도에 없는 곳〉에 등장하는 '나오토'라는 인물이 유독 기억에 남는다.

나오토는 꼭 보고 싶은 곳이 있어 기차를 타고 멀리 떠났으면서도 지도를 들여다보지 않는다. 길 찾는 걸 도와주겠다는 사람들은 지도 앱을 보느라 정신이 없는데도 정작 본인은 여유롭게 딴짓을 한다. '오, 여기도 멋지다', '저긴 뭐지?' 하면서 자꾸만 발걸음을 멈춘다. '이 골목 끝엔 뭐가 있을까?' 하는 마음으로 샛길로 새는 바람에 일행을 잃어버리는 일도 자주 있다. 그러다 문득 발견한 분위기 좋은 카페에서 '여기 괜찮아 보이는데'라며 점심을 먹기도 한다.

모르는 길로 무작정 걸어 들어가면 돌아오지 못할까 봐 불안하지 않느냐는 누군가의 물음에, 나오토는 반문한다. 불안하긴 하지만, 길 끝에 무엇이 기다리고 있을지 생각하면 설레지 않느냐고.

이 장면은 지난날 우리가 받았던 어떤 질문을 떠올리게 했다.

"그래서, 찾았어?"

친구나 지인과 대화하다가 가끔 받았던 질문이다. 이 질문은 한동안, 어느 시기의 우리를 조금 난처하게 했다.

큰마음을 먹고 둘 다 회사를 나왔는데, 나온 지

도 좀 됐는데, 아직 재취업도 하지 않은 것 같은데 앞으로 뭘 하고 살지 찾았냐는 물음이었다. 결코 질투나 비아냥거림은 아닐 터였다. 우리의 삶을 응원하는 마음과 순수한 궁금증에서 피어난 것임을 질문을 던지는 이들의 눈빛과 태도에서 짐작할 수 있었다. 그럼에도 이 질문을 갑작스럽게 받으면 심장 소리가 콩콩 들려오고 가슴속에 뭔가 걸린 듯한 느낌을 받곤 했다. 어디서부터 설명을 하면 좋을지 몰라 답답했다. 아직 못 찾았다고 답하기엔 뭔가를 반드시 찾아내야 한다는 전제에 갇히는 것만 같아, 전체를 관통하는 중요한 이야기가 빠져버린 기분이었다. 그렇다고 '응! 찾았어' 하고 시원하게 대답하기엔 찜찜함이 남아 불편했다.

　'그래서, 찾았냐?'는 이 질문은 물음 자체로도, 묻는 사람도 잘못된 건 없다. 만약 문제가 있다면 우리 자신에게 있지 않았을까. 〈재지마인드〉 유튜브 채널에 첫 영상을 업로드 할 때만 하더라도 좋아하는 것을 찾기 위해 퇴사를 결심했고 그 과정을 공유해보겠다고 선언 비슷한 걸 했었다. 지도를 펼치고 다음 행선지를 당장 결정해야 한다고 스스로를 강요하는 꼴이었다. 빨리 좋아하는 것을 찾고 그걸로 돈을 벌고 싶었고 나름 절실하기까지 했다.

당장 굶어 죽을 상황은 아니었지만, 앞으로 먹고살기 위해서는 다음 직업이나 사업 아이템을 반드시 찾아야 한다는 압박감이 우리를 짓눌렀다. 아마도 "그래서, 찾았어?"라는 질문은 우리가 느낀 절박감에 공명한 사람들이 순수한 마음으로 건넨 염려였을 것이다.

빠르게 취업하길 권장하는 환경에서 십수 년을 지내다 대학 졸업과 동시에 회사에 들어가 평범한 월급쟁이로 일했다. 그렇게 8년쯤 다니던 회사에서 제 발로 걸어 나온 지 어느덧 3년이 훌쩍 지났다. 그동안 둘이서 크고 작은 사업을 벌이며 돈도 벌고 그 사업들을 마무리하기도 하면서 무엇과도 바꿀 수 없는 소중한 경험을 했다고 자부하지만, 솔직히 말해서 그들이 묻고자 했던 (또는 과거의 우리가 찾고자 했던) '어딘가'에 도착하진 못했다.

불행 중 다행이라고 해야 할까. 지금껏 찾은 게 전혀 없지는 않다. 목적지를 정하지 않고 지도 없이 이곳저곳을 산책하듯 사는 동안, 우리가 진정으로 찾고 싶었던 것이 무엇이었는지 알게 됐다. 그것은 다음 직장이나 직업으로 국한할 수 있는 문제가 아니었다. 단순히 밥벌이의 문제를 넘어 '어떻게 살고 싶은지'에 대한 근원적인 고민이었다. 어떤 사람이 되고 싶은지, 어떤 하루를 쌓아가고 싶은지, 자유롭게 살기 위해 어떻게 일해야 하는지, 현재의 리듬과 속도로 계속 걸어가기 위해 어떤 결정을 해나가면 좋을지 등 우리가 원하는 삶으로 나아갈 '방향'을 찾고 있었다는 사실을 절감했다.

그것은 하나의 결론이나 종착지가 아니라 인생 전체를 대하는 조금 더 폭넓은 여정이자 태도였다. 그곳은 지도에는 없는, 내 마음속에 숨어 있던 소중하고 따뜻한 장소였다.

"그래서, 찾았어?"

누군가가 다시 묻는다면 이렇게 대답하고 싶다. 당신이 묻고 있는 그것이 우리가 삶을 대하는 태도와 방향, 속도에 관한 것이라면 아마 찾은 것 같다고. 그리고 이제는 잘 가고 있다는 확신이 들기 시작했다고.

안 좋은 날씨

아침 일찍 차를 타고 서울대공원으로 향했다. '치유의 숲' 체험을 예약해둔 날이었다.

서울대공원은 '서울'이 들어간 이름과 다르게, 과천시에 위치한 서울특별시립공원이다. 흔히 서울어린이대공원이나 서울숲 정도의 규모를 상상하기 쉽지만, 사실 이곳은 서울에 있는 그 어떤 공원보다 거대하다. 동물원과 식물원을 비롯해 서울랜드, 국립현대미술관 과천관, 야구장, 캠핑장까지 갖추고 있어 공원이라기보다 커다란 테마파크에 가깝다.

　실은 이날이 우리의 첫 서울대공원 방문이었다. '치유의 숲'이라는 장소를 알게 된 지도 그리 오래되지 않았다. 그도 그럴 것이, 청계산 기슭에 자리한 이곳은 1984년 이후 30여 년간 사람들의 출입을 제한했다가, 복원 작업을 걸쳐 산림치유 프로그램을 운영하는 공간으로 조성되어 2015년에야 비로소 개방됐기 때문이다.

　이제 막 집에서 출발하려는 찰나, 빗줄기가 떨어지기 시작해 와이퍼를 작동시켰다.

"갑자기 비가 오네."

"그러게. 오늘 비 소식은 없었는데."

"그래도 일단 가보자."

"오케이."

　차로 1시간쯤 달려 서울대공원 치유의 숲 안쪽 '숲속 광장' 앞에 도착했다. 우산을 써야 할 정도로 비가 내리고 있었지만 다행히 프로그램은 취소되지 않고 정시에 시작됐다. 단정한 개량한복 차림을 한 숲 지도사는 온화한 미소로 우리를 포함한 10명 남짓의 참여자들을 맞이하며 따뜻한 계피차를 건넸다. 인원이 다 모이자 숲 지도사는 비옷을 나눠주며 말했다.

　“세상에 안 좋은 날씨는 없어요. 안 좋은 복장이 있을 뿐이죠. 나눠 드린 우비 입으시고, 여기 있는 나무 지팡이를 하나씩 들고 따라오세요.”

　그렇게 숲길 산책이 시작됐다. 30년 넘게 사람의 발길이 닿지 않았던 공간이라 그런지, 서울 시내 어떤 공원에서도 느끼기 어려운 깊숙한 숲의 기운이 밀려왔다. 노루가 뛰어다녀도 이상하지 않을 이색적인 풍경이었다. 실제로 이곳은 생태자연도 2등급 지역으로 도롱뇽, 맹꽁이, 두꺼비, 오색딱따구리 등 보호야생동물이 서식한다고 했다. 비가 내린 덕에 숲은 온통 짙은 녹색으로 물들어 있어 훨씬 입체적이고 생동감 있게 다가왔다.

　숨을 크게 들이마시자 나무들이 내뿜는 피톤치드 향이 코끝을 지나 폐부 깊숙이 상쾌하게 전해졌다. 차에서 내린 지 30분도 되지 않았지만 도심에서 아주 멀리 떠나온 기분이었다. 청계산 골짜기에서 흘러내리는 시원한 계곡물 소리를 따라 걷다 보니, 어느새 10미터 높이의 천연 폭포가 눈앞에 서 있었다.

　쏴아아—

　서울 근교에서 이런 폭포를 만날 줄이야. 우리는

아이처럼 신이 나 폭포를 배경으로 사진을 찍고 물줄기를 보며 멍 때리는 시간을 가졌다.

후두둑, 후두둑.

떨어지는 비가 계곡물에 부딪히는 소리를 들으며 한참을 그렇게 머물렀다. 그야말로 치유되는 기분이었다.

다시 느긋하게 발걸음을 옮겼다. 숲 지도사는 촉촉이 젖은 바닥에서 침엽수 잎을 몇 개 줍더니 손바닥 위에 올려놓았다.

"여러분, 소나무랑 잣나무 구별할 줄 아는 분 계세요? 잎의 개수로 쉽게 알 수 있어요. 소나무는 2개, 잣나무는 5개."

겉으로는 비슷해 보여도 소나무와 잣나무는 각자의 모양새로 존재하고 있었다. 그날 이후, 우리는 침엽수를 보면 더 가까이 들여다보게 되었다.

폭포를 지나 '나무이완숲'에는 넓찍한 평상이 자리해 있었다. 숲 지도사의 안내에 따라 한 명 한 명 자리를 잡고 누워 하늘을 바라봤다. 시야를 가로막는 것은 아무것도 없었다. 온몸에 힘을 빼고 오롯이 비를 맞으며 눈으로는 빗방울을 바라보고, 귀로는 빗소리를 들었다. 말 그대로 비를 맞이했다.

후두둑, 후두둑.

이번에는 낙엽에 떨어지는 빗소리, 우리가 입은 비옷에 닿는 빗소리가 들렸다.

이렇게 '지금'에 집중해서 오랫동안 비를 느껴본 적이 있었을까. 아마 처음이었을 것이다. 그 순간만큼은 마음에 끌어안고 있던 근심, 실패에 대한 두려움, 미래에 대한 불안 같은 것들을 잠시나마 내려놓을 수 있었다. 오랜만에 느껴보는 완전한 자유로움이었다.

2시간 남짓 비 내리는 숲을 걸었던 그날의 일은 수년이 흐른 지금도 우리의 기억에 남아 있다.

우리는 이제 가끔 비 소식을 기다린다. 우산 대신 바람막이를 챙겨 입고 후드를 뒤집어쓴 채 산책을 나서는 날이면 그날의 홀가분함을 다시 느낀다. 그리고 그날 숲 지도사가 한 말을 가만히 되뇌어본다.

"안 좋은 날씨는 없어요. 안 좋은 복장이 있을 뿐이죠. Ⓚ

'왜'라는 질문

(F) 오늘따라 '왜'라는 질문을 많이 하네?

(K) 응. 최근에 나눈 대화를 떠올려보니, 유독 기억에 남는 순간들은 대부분 누군가 '왜'라고 물어봐줄 때더라고.

(F) '왜'라는 질문?

(K) 응. 그때 바로 대답은 못 했지만, 집에 와서 질문을 곱씹다 보니 차분히 답하게 되더라. 누군가 내 생각의 이유를 궁금해해 물어봐준다는 게 참 고마운 일이구나 싶었어.

(F) 그러고 보니 얼마 전 미국에서 온 친구랑 만났을 때도 그랬잖아. 식사하는 내내 질문을 던지던 거

기억나?

K 기억나지. 시끄러운 식당이었는데도 "다음 여행은 어디로 가고 싶어?" 묻고, 내 대답마다 "왜?"라는 질문을 이어가더라.

F 근데 생각보다 바로바로 대답이 안 나오더라고. 한국말로 답하려 해도 쉽지 않았을 거야.

K 맞아. 영어로 이야기를 주고받았다는 핑계도 있지만, 사실은 우리 스스로에게조차 그런 질문을 잘 안 했던 거지. 친구의 질문 덕분에 내가 왜 도쿄를 좋아하는지, 왜 광화문 일대를 좋아하는지 깊이 생각해보게 되더라.

F 단순히 결과만 묻는 게 아니라, "왜 그렇게 생각했어?", "어떻게 그렇게 생각하게 됐어?"처럼 과정을 물어봐준 거네. 또 기억에 남는 질문 있어?

K 응. 전 직장에서 먼저 퇴사한 친구가 한 명 있었

거든. 그 친구한테 나도 퇴사를 고민 중이라고 했더니 친구가 대뜸 묻더라고. "왜 고민해? 뭐가 두려워?"라고. 그땐 바로 대답을 못 했어. 그 순간에는 '돈 때문인가?' 정도로만 막연하게 생각했지. 그런데 집에 와서 생각을 다이어리에 정리해보니까 진짜 두려운 건 돈이 아니라 내 시간을 잃는 것이더라고. 그 깨달음 덕분에 내 시간을 지켜야겠다고 마음먹게 됐고, 결국 퇴사를 결심할 수 있었지.

F   '왜'라는 질문이 정말 중요한 거 같네. 근데 우리, 그동안 서로 좀 조심했던 것 같은데.

K   맞아. 질문을 던졌는데 상대가 바로 대답 못 하면 민망할까 봐 그랬던 것 같아. 그런데 그게 집단 착각일 수도 있어. 서로 예의 차리며 조심하다 보니, 정작 상대의 생각을 깊게 들여다볼 기회를 놓친 것 같아.

F   근데 막상 해보려고 하니까, '왜'라고 묻는 것도

기술이 필요한 것 같아. 생각보다 쉽지 않네.

K 응, 나도 오늘 호시탐탐 기회를 노렸는데 쉽지 않더라고. 상대가 먼저 "나 이거 좋아해"라고 말해야 "그거 왜 좋아해?"라고 물어볼 수 있으니까.

F 그렇겠네. 결국 자기 진심을 먼저 꺼내놓아야 질문이 시작될 수 있는 거네. 앞으로는 좋아하는 것, 혹은 싫어하는 것들에 대해 더 자주 이야기하고 "왜?"라고 물어봐주는 시간을 가져보자.

K 좋아! 좋아하는 일을 찾으려면, 내 안을 먼저 들여다봐야 한다고 하잖아. 스스로에게 '왜'라고 끊임없이 묻고, 그 답에 따라 몸을 움직여보면 좋지 않을까? 나는 어태껏 나 자신에게 이런 질문을 많이 못 해본 거 같아.

F 그런 질문을 왜 못 했다고 생각해?

K 그냥 몰랐던 것 같아. '왜'라고 물어야 한다는 사실도, 그 질문에 답하는 시간이 얼마나 중요한지도. 오히려 그 과정이 지루하고 번거롭게 느껴져서 피해왔던 것 같기도 해. 깊이 들어가야 하는 순간이 오면 적당히 얼버무리고 넘어가버린 거지.

F 그럼 예전에는 뭔가 선택해야 할 때 보통 어떻게 했어?

K 깊이 생각하지 않고 일단 행동부터 한 적이 많았던 것 같아.

F 남들이 하는 대로 따라서 결정하고?

K 응. 근데 요즘은 정보가 너무 많아서 검색만으로는 믿음이 안 가더라고. 이제는 직접 경험하고 시행착오를 겪으면서 내 기준을 세워나가고 싶더라.

F 예를 들면?

K 펜 하나를 고르는 일 조차도. 사실 나는 늘 굴러다니는 펜을 그냥 썼거든. 근데 요즘 아침 일기를 쓰다 보니까 잉크가 닳은 거야. 그때 프랭키가 "이제 진짜 좋은 펜 하나 사면 되겠네"라고 했잖아. 그 말이 되게 좋더라. 좋아하는 펜으로 글을 쓰면, 일기 쓰는 시간이 훨씬 기다려질 것 같았거든.

F 맞아. 진짜 마음에 드는 우산을 갖고 있으면 비 오는 날이 기다려지는 것처럼. 결국 사소한 물건 하나가 내가 좋아하는 나를 표현할 기회가 되는 거니까.

K 그래서 요즘은 사소한 물건일수록 중요하게 느껴져. 컵, 양말, 펜 같은 것들.

F 근데 최근에 산 볼펜 마음에 안 든다고 했잖아?

K 응. 디자인만 보고 샀는데 막상 써보니까 별로였어. 이번엔 좀 더 신중하게 골라보려고. 근데 프

랭키는 좋은 펜을 쓰고 싶은 마음이 어떻게 생긴
거야?

Ⓕ 나는 어릴 때부터 글씨 쓰는 걸 좋아했거든. 초
등학교 때 숙제를 해도 내용보다는 글씨체에 이
상하게 집착했어. 글씨를 일종의 미적인 요소로
본 것 같기도 하고. 그래서 글씨를 쓰는 행위 자
체가 의미 있었어. 나한테는 도구도 중요하고 그
도구가 주는 기분도 중요했던 거지.

Ⓚ 오, 어렸을 때부터 그랬구나.

Ⓕ 그리고 멋진 펜 하나 갖고 있으면 그냥 기분이
좋아. 글을 쓰고 끝나는 게 아니라, 그 도구를
사용하며 좋아하는 내 모습을 매번 마주할 수 있
으니까.

Ⓚ 말 나온 김에 펜 사러 가야겠다.

Ⓕ 가자!

리듬

버터를 바르는 속도로

버터를 바르는 속도로

한때 식빵에 버터를 발라 먹는 재미에 맛 들려 몇 개월
은 버터 바른 식빵과 핸드 드립 커피, 달걀프라이로 아
침 식사를 해결하곤 했다. 둘 다 회사를 그만두고 집에
서 일할 때였으므로 바삐 어딜 나가봐야 한다거나, 식
사를 대충 때우고 싶어 선택한 메뉴는 아니었다. 그저
버터 바른 식빵을 매일 먹어도 질리지 않을 만큼 좋아
했을 뿐이다. 식빵에 버터였을 뿐인데 무엇이 그토록
우리의 마음을 사로잡았던 걸까. 단지 직장인 시절 회

사 1층의 카페에서 습관처럼 사 먹던 크루아상이 입에 물려서였는지도 모르겠다. 아무튼 국거리와 반찬을 늘 구비해야 하는 한국식 아침 식사는 귀찮음이라는 장벽에 부딪혀 후보에도 오르지 못했다.

비단 식빵과 버터의 물성, 그러니까 토스터에 노릇하게 구워지는 식빵 냄새라든가, 프랑스산 버터의 고소한 풍미, 바삭한 토스트의 식감 때문만을 아니었을 거다. 잘 구워져 아직은 따뜻한 식빵에 버터를 녹여가며 슥슥 바를 때 느껴지는 까끌까끌한 감촉과 소리가 좋았다. 식빵 구석구석을 천천히 코팅해나가는 그 속도감이 무척 좋았다. 서두를 일은 하나도 없다. 아이보리빛 버터가 토스트 위를 스케이트(쇼트트랙 아님) 타듯 미끄러지는 느낌을 온전히 즐기기만 하면 된다. 이런 감각은 나에게 어떤 풍경을 떠올리게 한다.

예컨대 아직 일정이 9일쯤 남아 있는 어느 휴가지에서의 둘째 날 아침 풍경.

최신식은 아니지만 제법 고풍스러운 분위기의 호텔 1층 식당. 낮은 음성으로 대화를 나누는 외국인들에 섞여 브렉퍼스트(아침밥 아님)를 먹는다. 커피메이커

　　　　재지마인드

로 내린 평범한 커피일 뿐인데도 이국적인 산미와 진한 향이 마음을 붙든다. 반숙 달걀의 껍데기는 더는 하얄 수 없을 만큼 흰색이고 노른자의 빛깔은 가을의 은행잎을 닮았다. 그렇지, 계절은 가을로 정했다. 기울어진 아침 햇살이 높은 창을 통해 쏟아져 들어와 대리석 바닥 위에 그림자를 뿌린다. 흔들거리는 가로수의 실루엣이 식탁 위에서 원을 그리며 춤을 춘다. 바쁜 일정은 하나도 없다. 어제 도착한 이 도시(도시는 알아서 상상해주시길)를 아무 계획 없이 느긋하게 돌아볼 예정이다.

한동안은 이런 상상을 하며 낯선 도시의 여행자가 된 기분으로, 어쩌면 다시 오지 않을지도 모를 아침의 여유를 즐겼다. 사실 그때만 해도 언제까지 출근하지 않는 삶을 이어갈 수 있을지 알지 못했다. 시간이 흐른 지금도 명쾌하게 알진 못하지만 여전히 아침만큼은 여유롭게 쓰고 있다. 식사가 끝날 무렵 갖는 1시간 정도의 대화 시간을 하루 중 가장 아끼고 사랑하면서.

또 한때는 샌드위치를 만들어 먹기도 했다. 냉동실에 얼려둔 식빵을 발뮤다 토스터에 넣고 노릇하게 구워질 동안 선반에서 커피콩을 꺼낸다. 그라인더로 2인분의 원두를 휭 갈아 드리퍼로 천천히 내린다. 마요네

즈와 홀그레인 머스터드, 올리브유를 적당히 섞어 소스를 만들고, 버터 바른 식빵 위에 고루 퍼 바른다. 미리 소분해둔 삶은 달걀, 양상추, 토마토, 슬라이스 치즈 따위를 빵 사이에 정성껏 끼워 넣는다.

단순히 버터를 발라 먹던 것에 비하면 꽤 많은 공정이 추가됐지만, 그만큼 건강과 맛의 측면에서 한 단계 성장한 느낌이었다. 자주 만들다 보니 손에 익어 시간이 그리 오래 걸리지도 않았다. 오히려 금방 끝나버려서 아쉬울 때도 있었다.

식빵은 주로 '밀도'의 담백식빵을 고집했다. 매장에 들러 두세 봉지씩 사다가 냉동실에 얼려두었다. 편하게 인터넷으로 주문하지 않고 굳이 매장에 갔던 이유는, 기분 탓일지 몰라도 그 편이 더 맛있었던 기억이 있어서다. 버터는 뉴질랜드산 앵커(Anchor) 무염버터를 즐겨 먹는다. 언젠가 더현대 서울 지하의 베이글 가게에서 잠봉뵈르 베이글 샌드위치를 사 먹은 적이 있다. 한 입 베어 물자마자 '이런 건강한 느낌을 주면서도 맛있는 버터는 대체 어디 제품일까?' 하는 궁금증이 일었다. 처음 만나는 사람에게 질문하는 걸 어려워하는 성격이지만 그때만큼은 '이건 용기 낼 가치가 있는 일'이라는 확신이 들었다. 결국 점원에게 물어봐 뉴질랜드 앵커 무염버터라는 사실을 알아냈다. 더 비싸고 더 맛있는 버터도 세상에는 많겠지만 내가 아는 한 이만한 가성비의 버터는 드물다.

최신 버전의 아침 식단을 보고하자면(왜 보고하는지는 잘 모르겠지만) 근력 운동을 위한 PT 수업을 6개월째 받는 바람에 '닭가슴살'이 주요 식재료로 등장했다. 닭가슴살을 전자레인지에 1분 돌리고, 아보카도와 채 썬 양배추, 살짝 으깬 삶은 달걀을 넣은 뒤 올리브유를 휘휘 두르면 훌륭한 식사용 샐러드가 완성된다. 삶은 달걀 대신 달걀프라이를 곁들이기도 한다. 빵 대신 오트밀을 선택하는 날도 많아졌다. 오트밀 30~50그램에 오트 음료를 150~200그램 정도 붓고 전자레인지에 2분 돌리면 소화도 잘되고 포만감도 높은 한 끼가 된다. 메뉴엔 소소한 변화가 있었지만, 커피를 내려 마시고 느긋하게 대화를 나누는 루틴은 변함이 없다.

이 글을 쓰면서 과거에 수없이 마주했던, 앞으로도 셀 수 없이 마주할 아침 풍경을 가만히 그려보다가 문득 깨달은 사실이 하나 있다. 식빵과 버터의 브랜드가 무엇이든, 샌드위치의 레시피가 어떠하든 간에, 우리는 그저 천천히 흐르는 아침의 정경을 동경해왔다는 것을. 그리고 마침내 붙잡은 이 시간을 놓치지 않으려 나름대로 애써왔다는 것을.

효율을 무시하고 굳이 매장에 들러 사 오는 식빵에서도, 핸드 드립으로 느긋하게 내리는 두 잔의 커피에서도, 하루의 시작에 앞서 느릿느릿 손으로 적어보는 아침 일기에서도, 식사 후 1시간이 훌쩍 넘도록 이어지는 대화에서도. 바쁜 일정이 하나 없는 휴가지의 둘째 날 아침처럼, 그저 식빵에 버터를 바르는 속도로 우리의 주변을 이루는 시간이 느리고 포근하게 흘러가기를 기대한 것은 아니었을까. Ⓕ

자기만의 방

토요일 저녁 8시. 머리에 헤드폰을 뒤집어쓰고 거실 테이블에 앉아서 이 글을 쓰고 있다. 방에는 키키가 있다. 그녀도 방에서 본인의 일을 하고 있다.

지금 사는 집을 잠깐 소개하면 이렇다.

거실 한편에는 소파와 키키의 일렉 기타 그리고 몇 권의 책이 있다. 거실의 한가운데에는 식탁 겸 업무용 테이블이 자리한다. 지금도 내가 앉아 있는 이 테이블에선 식사도 하고 노트북으로 뭔가를 검색하거나 일기를 쓰고 책을 읽는다. 실로 다용도 공간이라 할 수 있다.

이 집으로 이사하며 우리는 과감히 TV를 없애고 주방에서 사용하던 테이블을 거실 중앙에 두었다. 상상만 하던 '거실의 서재화'를 조금은 실현한 것 같아 꽤 만족하며 지낸다. 방은 2개인데, 작은방은 침실로, 큰방은 사무실로 사용 중이다. 침실에는 침대와 양옆의 협탁 그리고 2개의 독서등이 전부다. 사무실로 쓰는 방에는 각자의 책상과 의자가 하나씩 놓여 있다. 주로 사무실의 모션데스크에서 영상 편집, 원고 집필 등의 주요 업무를 처리한다. 각자의 책상이 있음에도 둘이 동시에 사무실에 머무르는 시간은 많지 않다. 한 명이 방에서 집중하고 있으면 지금처럼 다른 한 명은 거실로 나와 노트북을 하거나 아이패드로 그림을 그리거나 소파에서 책을 읽는 식이다. 규칙을 정하지는 않았지만 자연스럽게 그렇게 됐다.

식사를 하거나 대화할 때, 회의가 필요할 때는 함께 시간을 보내지만 홀로 몰입해야 할 때는 독립된 공간에서 각자의 시간을 보내는 쪽을 훨씬 선호한다.

거실은 분리된 방이라기보다 모두에게 열린 공간이기 때문에 거실에서 뭔가에 집중하고 싶을 때면 나는 지금처럼 헤드폰을 머리에 두르곤 한다. 글을 쓸 때 웬만해선 음악을 듣지 않지만 헤드폰으로 귀를 막고 있으면 주위의 소음이 적당히 차단되어 마치 나만의 밀실에 들어온 듯하다.

2018년 말 즈음, 우리가 결혼한 지 얼마 안 됐을 때였다. 결혼을 앞둔 친구가 내게 물었다.

"결혼하면 각자 자기 방이 필요해?"

친구는 함께 살 사람과 결혼 후에도 자기만의 방이 필요한지 아닌지에 대해 이야기를 나누고 있는 모양이었다. 그때 나는 굳이 필요하지 않다고 대답했다. 하루 대부분을 회사에서 보내고 저녁에나 집에서 만나는 삶의 패턴에서는, 퇴근 후 함께 식사하고 영화를 보며 잠드는 휴식의 기능을 수행하는 것만으로도 집은 충분하다고 믿었다. 물론 각자 방이 있으면 좋기야 하겠지만, 침실을 제외하고 각자의 방이 있으려면 방이 3개 이상 있는 집에서 살아야 하는데 우리의 경우 형편상 불가능한 일이라고 덧붙이기도 했다.

불과 얼마 뒤인 2019년과 2020년을 지나면서 생각이 조금씩 바뀌었다. 코로나19의 유행으로 재택근무가 잦아져 노트북과 서류 뭉치를 들고 퇴근하는 날이 늘었다. 집에서 일할 수 있는 공간이라고는 식탁이 전부였기에, 식사 때마다 노트북과 업무 자료들을 한쪽으로 치워야 하는 번거로움이 반복됐다. 그나마 한 명이면 다행이지만 둘 다 집에서 일하는 날이면 식탁 하나로는 턱없이 부족했다. 그때 처음으로 집에도 '내 책상' 또는 '내 자리'가 따로 있으면 좋겠다는 바람이 싹텄다.

그 후 2년에 걸쳐 차례로 회사를 그만두며, 우리는 한 명이 퇴사할 때마다 책상을 샀다. 그 덕에 지금은 각자의 책상이 있고 '사무실 방'도 생겼다. 가끔은 사무실조차 좁게 느껴져 거실에서 자신만의 공간을 찾기도 하지만.

예전에는 굳이 필요치 않다고 여겼던 나만의 공간을 왜 지금은 바라게 되었을까. 얼마 전 본 영화 〈사랑할 땐 누구나 최악이 된다〉에서 약간의 힌트를 얻었다. 서른을 앞둔 율리에는 직업과 연인을 끊임없이 갈아타면서 '자기 자신'에 가장 가까운 모습을 찾고 싶어한다. 대학 시절까지는 엄마의 집에서, 사회인이 되어

연애할 때는 연인의 집에서 지내는 그녀에겐 '자기만의 방'이랄 게 없어 보인다. 제멋대로 사는 듯해도 늘 불안과 초조를 떨치지 못하던 율리에. 영화는 결국 자신만의 공간을 마련하고 거기서 자신의 일에 열중하는 율리에의 모습으로 막을 내린다.

율리에가 자기만의 방을 갖게 되는 과정이, 우리가 각자의 책상을 마련하고 우리만의 일을 찾아가는 여정과 겹쳐 보였다. 회사에는 내 자리가 분명히 있는데 정작 집에는 내 책상 하나 없다는 사실이 나를 불안하게 했던 것은 아닐까. 집에서 일하는 시간이 늘어날수록 내 책상과 내 방을 갈망하게 된 것은, 어쩌면 자유에 대한 갈망이었을지도 모른다.

언젠가 친구가 물었던 것처럼, 누군가 '자기만의 방이 꼭 필요한가?' 하고 묻는다면 언제나 그리고 누구에게나 자기만의 방이 있으면 좋겠다고 말하고 싶다. 비록 거실 한편일지라도.

P.S.

이 글을 쓰고 얼마 후 사무실 방에 있던 내 책상을 거실로 옮겼다. '거실의 내 방화'. Ⓕ

(F) 오늘은 거실에서 독서 모임 하자. 빗소리 들으면서.

(K) 오! 재밌겠다.

(F) 내 방으로 초대할게. 밤파이랑 커피도 있어. 노트북 들고 와. 독서 모임이니까.

(K) 무슨 책 읽을 거야?

(F) 몰라. 아직 안 정했어.

(K) 오랜만에 독서 모임 하네. 근데 노트북은 왜 들고 가?

나에게 맞는 일

출판사와의 미팅에서 '재지마인드적 경제관념'에 대해서도 한번 써보면 어떻겠냐는 제안을 받았다.

겉으로는 고개를 끄덕이며 수긍하면서도 속으로는 '이 어렵고 예민한 돈 문제를 글로 잘 풀어낼 수 있을까?' 하는 염려에 마음이 무거웠다. 편집자에게 원고를 한 편씩 보낼 때마다 '이 주제는 다음에 써야지…' 하면서 은근히 미루기도 했다. 모두 다르게 태어난 각자가 자신이 원하는 라이프스타일을 찾고 나 자신으로 잘 살아보자는 이야기에서, 구태여 돈 이야기를 꺼낼 필요가 있을까 싶었기 때문이다.

쓸씀이나 필요한 액수는 사람마다 다를 텐데 돈을 어떻게 혹은 얼마나 벌어야 좋을지에 대해서라면 각자의 상황에 맞게 고민해야 해야 한다는 게 내 입장이다. 말하자면 지극히 개인적인 문제인 것이다.

가끔씩 이런 질문을 받는다. "저도 두 분처럼 자유롭게 하고 싶은 걸 하면서 살고 싶습니다. 그런데 경제적인 부분은 어떻게 해결하시나요?"

돈이 저절로 불어나는 재테크 비법이라든지 무슨 일을 해야 돈 걱정 없이 자유롭게 살 수 있는지 묻는 거라면 대답해줄 능력이 없다(저도 알고 싶어요. 정말로). 다만 방법론이 아닌 어떤 마음과 태도로 경제적인 부분을 해결해나가고 있는지 궁금하다면 그래도 조금은 하고 싶은 이야기가 있다.

나에게 '맞는' 일을 해서 돈을 벌고 싶다. 그러기 위해 매일같이 고민한다.

돈에 대해 조금만 더 이야기해보자(나 돈 이야기 좋아하나?). 돈 문제는 역시 어렵다. 돈만 생각해서 아무 일이나 하자니 시간이 아깝고, 시간을 마음대로 쓰자니 돈이 필요하다. 돈에 개의치 않고 마음 편하게 살 수 있다면 참으로 좋겠다만 보기 좋게, 그것도 매일 실패한다. 오늘 사 먹은 식사와 커피의 가격이 합리적인지 매번 따져본다. 지금 하고 있는 일의 시급은 얼마쯤 되는지 속으로 계산해보며 최저시급에 한참 못 미치는 수준에 시무룩해졌다가도, 가끔 생각보다 많이 번 것 같아 들뜨기도 한다.

현실이 이렇듯, 어차피 나 따위가 아무리 궁리해도 피할 수 없는 문제라면 돈을 잘 벌고 싶다. 여기서 '잘' 번다는 의미를 단순히 '많이'로만 해석하고 싶지는 않다. 어떤 일을 해서 돈을 벌 것인지가 더 중요한 문제라 느낀다. 우리가 일하는 이유는 그저 돈을 많이 벌기 위해서가 아니라 잘 살기 위해서이기 때문이다.

그렇다면 '어떤 일을 해야 잘 사는 걸까?'라는 질문이 남는다. 이 질문에 대한 명쾌한 답은 전문가에게 맡기기로 하고… 대신 우리 이야기를 해볼까 한다. 지금껏 우리가 건너온 시간과 일을 단계별로 나눠봤더니 각 단계의 특징은 다음과 같았다.

Phase 1(2014~2021)

첫 번째 단계는 직장인 시절이다. 이 시기에는 일하는 시간을 회사에 제공하고 그에 상응하는(회사에서 그렇다고 주장하는) 돈을 받았다. 말하자면 1:1 트레이드다. 주말이나 휴가 때만큼은 내가 하고 싶은 것만 했다. 그러기 위해서 이따금 비행깃값, 숙박비 등을 치러야 했는데 이때 회사에서 번 돈을 사용했다. 시간을 제공해 돈을 받고 그 돈으로 다시 시간(자유)을 산 셈이다.

Phase 2(2021~2023)

두 번째 단계는 퇴사 후 사업을 했던 시기다. 둘이서 3개의 사업체를 운영하느라 회사를 다닐 때보다 더 바빴고 처음 시도해보는 일이라 서툴고 어설펐다. 간혹 직장인 시절보다 돈을 더 많이 버는 달도 있었는데 시간이 없어서 휴가는 거의 가지 못했다. 이 단계에서는 내가 내 회사를 위해 일하고 돈을 받았다. 비록 휴가는 가지 못했지만 내 일을 스스로 만들었던 시간은 소중한 경험으로 남았다. 일해서 번 돈 전부와 회사를 위해 제공한 노동 시간의 일부가 내 자산이 됐다.

Phase 3(2023~2024)

세 번째 단계는 돈과 시간을 오롯이 자신에게 투자한 시기다. 이전 단계에서는 먹고살기 위해 사업을 시작했더니 하고 싶은 일보다는 당장 '할 수 있는' 일에 초점을 맞췄다. 물론 자연스러운 과정이지만 금세 지쳤던 것도 사실이다. 일도 많이 했고 그만큼 돈도 벌었지만 엄청 재미있진 않았다. 그래서 사업을 최소한으로 줄이고 남는 시간을 자신에게 집중하기로 한 것이다. 지금 이 일이 아니면 뭘 하고 싶은지, 진짜 좋아하는 일은 뭔지 발견하기 위해 사업에 투자했던 돈을 회수해 우리 자신에게 투자했다(집도 팔았다). 이때 돈을 써서 번 것은 시간이다. 덕분에 '우리'라는 브랜드를 만들기로 결심하고 〈재지마인드〉를 만들어 운영하기 시작했다.

Phase 4(2024~)

네 번째 단계는 나에게 맞는 일을 점차 해나가는 시기다. 〈재지마인드〉를 계속 운영해나가고, 책이 될 글을 쓰고, 협업이나 강연 제안이 들어오면 검토 후 진행하는 등 최대한 우리가 하고 싶은 일만 한다. 그전에 사업을 할 때도 나의 일을 스스로 만들어 하긴 했지만, 나에게 '맞는' 일이라는 생각이 크게 들진 않았다. 일을 하는 시간이 고스란히 나를 위해 쌓이고 있다는 충족감이 부족했달까. 이 단계에서는 내가 일하는 시간이 나에게 돌아오고, 일해서 번 돈으로 다시 시간(자유)을 살 수 있다. 하루하루 성실히 쌓아가는 오늘이 나를 더 단단히 붙잡아주고 나의 중심에 조금씩 가까워지는 기분이다. 이제부터는 낭비되는 시간이 거의 없다. 시간이 내 편이 된다.

우리가 거쳐온 시간을 돌아보고 얻게 된 결론이 회사를 박차고 나와 각자의 사업을 시작하자는 건 결코 아니다. 우리와는 달리, 한 조직의 구성원으로서 정해진 시스템 안에서 일하는 방식이 삶의 방향과 일치해 충족감을 느끼는 사람도 많을 것이다. 하물며 돈을 벌려면 일단 유튜브 채널부터 개설하라고 독려할 의도는 더더욱 없다. 다만 나에게 맞는 일을 찾고 그 일을 해나가는 과정의 의미에 대해 말하고 싶었다. 나에게 100퍼센트 맞는 일은 세상에 존재하지 않을지도 모른다. 하지만 찾아보려고 노력조차 하지 않는 것과 시간과 비용을 들여 나름의 고민을 이어가는 것은 전혀 다른 차원의 문제다.

어떤 일이 나에게 맞는지 알아차리려면 우선 '나'를 깊이 알아야 한다. 내가 어떤 일을 했을 때 진심으로 만족스러운지, 돈이 벌려도 재미없는 일은 무엇인지, 반대로 수입이 적어도 계속하고 싶은 일은 무엇인지. 이런 것들을 알려면 직접 경험해보는 수밖에 없다. 이 과정에는 필연적으로 시간이 소요된다. 때에 따라선 타인의 기대나 요구에 흔들리지 않고 내가 믿는 가치를 지켜가려는 심지도 필요하다.

나에게 맞는 일을 찾아가는 이 여정은, 지금 당장 통장 잔고를 늘리는 것보다 어쩌면 진정한 자유에 한 발 더 가까워지는 가장 중요한 첫 단추일지도 모른다. Ⓕ

세상에 대한 아름다움을 느끼고 살면서

현실 감각도 놓치지 않고 살고 싶다.

다시 말해, 한쪽으로 치우치지 않고 중도를 지키고 싶다.

부부 같은 친구

키키와 내가 수영을 배우러 다닌 지 6개월쯤 지나 이제 막 중급반으로 올라갔을 무렵의 일이다. 약간 긴장한 채로 물속에 서먹하게 서 있는데, 회원 한 분이 우리에게 질문을 건넸다.

"두 분은 친구세요? 부부세요?"

"음, 친구 같은 부부예요."

키키가 웃으며 대답했다.

그분이 질문을 한 이유는 이랬다. 우릴 보면 어

떨 땐 친해 보이다가도 어떨 땐 서먹해 보여서 '이들은 친구인가, 부부인가?' 늘 궁금했다는 것. 그분은 궁금 증이 해소됐다는 표정으로 물을 튀기며 출발했다. 그전 까지 다른 회원들과 대화를 나눈 경험이 거의 없어서 어 리둥절해하던 찰나, 강사님의 목소리가 들렸다.

"자유형 여섯 바퀴! 출발-!"(잡담 그만하라는 뜻)

귀갓길 차 안에서 몇 가지 질문이 머릿속을 부유 했다. 우리 사이가 왜 궁금했을까? 수영장에서 전형적 인 부부의 모습은 어떤 걸까? 애초에 부부가 수영장에 같이 다니는 일이 꼴사나운 일일까?

풀리지 않는 의문이 많았지만 기분이 나쁘지는 않았다. 오히려 좋은 쪽이었다. 친구 같아 보인 이유가 적당한 거리감 때문이었다면, 적어도 우리가 의존적인 관계로 비치지는 않는다는 뜻일 테니까. 그렇게 생각하 니 내심 뿌듯하기까지 했다.

우리가 여전히 친구 사이인 채로, 그러니까 이성 친구이거나 연애하는 상태에서 수영을 배우러 다녔다면 어땠을지 상상해봤다. 그래도 같은 질문을 받았을까? 크게 다르진 않았을 것 같다. 어떨 땐 친해 보이고, 때 로는 여전히 서먹한 태도로 수업을 들었을 것 같다.

결혼이라는 의식을 거쳤다고 해서 다음 날 갑자기 서로를 대하는 태도나 관계가 달라지는 사람은 아마 없을 것이다. 우린 서로의 가장 친한 친구였고, 지금도 그 점은 변함없다. 달라진 게 있다면 집세를 함께 부담하며 공동생활을 한다는 점. 그리고 이 불확실하고 불안한 현실 세계를, 불완전한 둘이서 함께 헤쳐나가는 동료가 되자고 무언의 약속을 했다는 정도 아닐까.

여러 번 곱씹어 봐도 그날 키키의 대답은 적절했다. 나는 그 후로도 계속 '친구 같은 부부'로 남고 싶다는 바람을 갖게 됐다. 아니, 어쩌면 '부부 같은 친구'가 더 어울릴지도 모르겠다.

8년 가까이 함께 살면서 '우리는 부부'보다는 '우리는 친구'라고 생각한 적이 더 많았다. 다만 친구 관계가 유지되려면 서로를 향한 존중과 적당히 조심하는 마음이 필요하듯, 상대가 나의 친구로 남아주길 바라는 마음으로 계속 의식하려 한다. 그러기 위해 '우리 사이에 뭘' 또는 '가족이니까 괜찮아' 같은 안일함은 경계하려 노력한다. 아무리 친한 친구라도 한동안 연락이 끊길 수도, 돌연 나를 떠날 수도 있는 것처럼, 서로를 언제든 떠날 수 있는 존재라고 여기면 관계는 의외로 산뜻하고 성숙해진다.

P.S.
부부 이야기가 나온 김에 덧붙이는 이야기.
서로의 생일이나 결혼기념일에 큰 의미를 두지 않는 우리는 부부의날에도 평범한 하루를 보낸다. 어차피 공휴일도 아니니 일어나던 시간에 일어나서 먹던 걸 먹고 자던 시간에 잔다. 특별한 날에 선물을 주고받는 것도 좋지만 소중한 사람에게는 평소에 잘하는 게 더 자연스럽다고 생각하는 편이다(물론 다른 의견도 존중합니다).
기념일에 대해 다소 담백한 입장을 취하던 중, 문득 부부의날이 5월 21일인 이유가 궁금해서 검색해봤다. 가정의 달인 5월에 '둘(2)'이 '하나(1)'가 된다는 의미에서 '21일'로 정했다는데, 음… 둘이 하나가 된다는 건 어떤 의미일까? 1+1은 2인데 하나가 되어버리면 여러 가지로 손해 아닐까?
이 유치한 말장난 같은 의문이 우리 관계를 조금은 나은 방향으로, 1+1이 적어도 2보다 작아지지는 않도록 꼭 붙들어준다는 기분이다.

부부, 가족이라는 개념 이전에, 혹은 결혼이라는 제도를 선택하지 않더라도 각자가 개별의 존재로서 독립적으로 존재한다면 둘은 하나가 아닌 둘 또는 그 이상의 시너지를 낼 수 있다고 믿는다. 예를 들어 한 사람의 취향을 다른 한 사람이 맹목적으로 맞춰주는 것이 아니라, 서로의 색과 향을 존중하되 내 시간이 허락하는 선에서 상대의 관심사를 들여다본다면 관계는 더 풍요로워지지 않을까? 두 사람이 하나의 취향을 공유하는 건 그다음 문제일 것이다.

어느 관계에서건 한쪽이 희생하고 맞춘다면 계속해서 빚을 갚아야 하는 제로섬 게임이 된다. 존중이 베이스음처럼 낮게 깔린 분위기에서 여유가 있을 때 서로에게 도움을 주는 방법을 고민할 수 있다면 1+1은 무한대의 플러스 방향으로 갈 수도 있다. Ⓕ

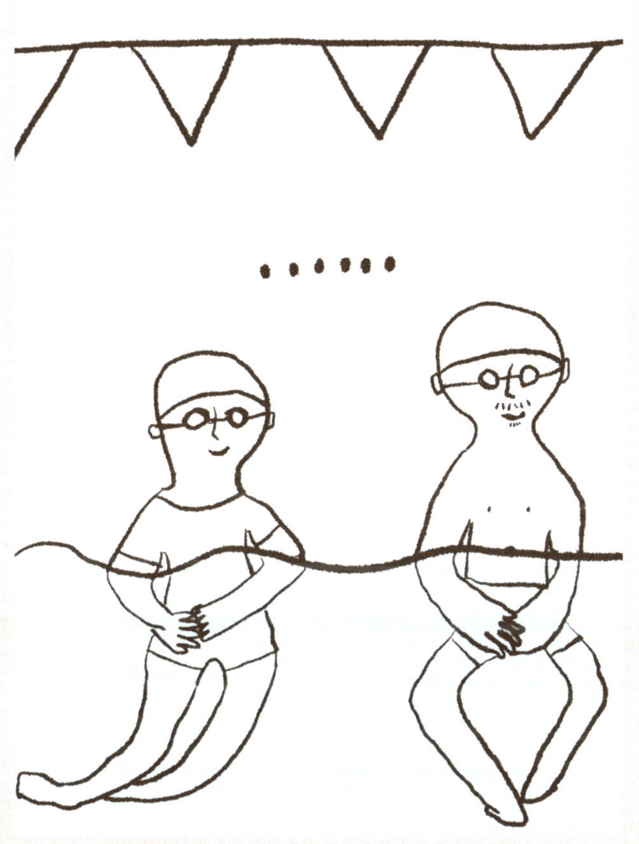

함께 걷는 삶은 재즈 같다

가끔 다른 집 주방은 어떤 풍경일까 궁금해질 때가 있다. 둘이 사는 집이라면 대개 요리를 좋아하는 사람이 주도적으로 나서겠지? 아쉽게도 우리 집에는 요리에 특별한 흥미를 가진 사람이 없다. 그래서 보통은 둘이 같이 준비한다. 솔직히 말해 재료를 사고, 손질하고, 보관하고, 불을 다루고, 설거지까지 마쳐야 하는 과정을 떠올리면 차라리 사 먹는 편이 낫겠다는 생각이 찾아들곤 한다.

좋게 말하면 요리하는 즐거움보다 먹는 즐거움을 크게 느끼는 타입이라고 할까. 엄청나게 맛있으면서 엄청나게 정성이 들어간 음식을 준비하기보다, 적당히 맛있고 조리가 간편한 음식을 후다닥 차려 먹는 쪽을 선호한다. 그렇다고 매일 사 먹을 수는 없으니 가끔은 집에서 해 먹는 노력을 한다. 배고픈 사람이 먼저 냉장고를 기웃거리기도 하지만, 대체로 내가 먼저 조리를 시작하는 편이다. 프랭키는 나보다 더 '사 먹자' 주의라서 나조차 나서지 않으면 우리의 식비는 지금보다 (훨씬) 많이 들 것이다.

나는 냉장고에서 재료를 꺼내 비닐을 뜯고 칼질부터 시작한다. 뚝딱뚝딱 정신없이 어지른 조리대는 프랭키가 조용히 정리한다. 이럴 때 둘의 성향 차이가 선명하게 드러나서, '우리 참 다른 사람이구나' 새삼 실감한다. 잠깐 한눈을 팔고 있으면 비닐은 쓰레기통에 가 있고, 열려 있던 밀폐용기 뚜껑은 어느새 닫혀 있다. 가끔은 사용하려 꺼내둔 식재료가 다시 냉장고에 들어가 있어서 '응? 분명 꺼내 놨는데, 어디 갔어?' 하고 어리둥절하다가도, 그 상황이 황당해 피식 웃음이 난다. 마치 어지르는 팀과 정리하는 팀의 전투 같다(적군이 나타났다!).

　내가 스파게티 면을 삶는 동안 프랭키는 프라이팬을 예열하고, 저울로 재료의 양을 맞춘다. 감으로 올리브오일을 붓고 소금을 대충 뿌리는 나와 달리, 프랭키는 손끝으로 소금 양을 확인하며 조심스럽게 간을 맞춘다. 그래서 내 음식은 맛있을 땐 엄청 맛있지만 짤 땐 엄청 짜다.

　요리에 서툰 우리는 혼자서 하는 것보다 함께 하는 걸 선호하고 서로에게 고마워한다. 그런 둘이 살다 보니 어느 순간 자연스럽게 각자의 역할을 찾게 됐다. 내가 빠르게 재료를 준비하면 프랭키는 간을 맞추고 식탁을 세팅한다.

　나 혼자였다면 주방은 금세 전쟁터가 되고 음식 맛이 아쉬웠을 거다. 프랭키 혼자 했다면 일일이 치우면서 하느라 조리 시간이 한없이 늘어나 금방 지쳤을지도 모른다. 이렇게 하자, 저렇게 하자 규칙을 정한 건 아니었지만, 서로 다른 리듬이 만나 자연스럽게 균형이 만들어지는 느낌이 나쁘지 않다.

　설거지도 비슷하다. 나는 무작정 싱크대에 손부터 담그고 본다. 식기건조대에 쌓인 그릇에는 관심이 없고 물을 튀기며 씻고 또 쌓는다. 그래서 설거지가 끝나면 싱크대 주변은 온통 물바다다. 반면 프랭키는 설거지를 하기 전에 건조된 그릇을 먼저 찬장에 집어넣고, 기름기 있는 접시는 휴지로 닦아낸 뒤 시작한다. 명상이라도 하듯 천천히 하기에 주변에 물기 하나 없이 정갈하게 마무리되지만, 체감상 1시간은 걸리는 듯 느껴진다. 그래서 설거지도 둘이 같이할 때야 적당한 시간에, 적당한 물기로 평화롭게 끝이 난다.

처음에는 서로 다른 방식이 불편하기도 했다. "왜 이렇게 대충 하지?", "왜 이렇게 오래 걸리지?" 같은 말을 속으로 삼키지 못하고 입 밖으로 뱉어 상처를 주기도 했다. 하지만 시간이 지나면서 알게 됐다. 나는 시작을 잘하는 사람이고, 프랭키는 천천히 과정을 음미하는 사람이구나. 누가 틀린 게 아니라 우린 서로 다른 장점이 있는 사람들이구나.

혼자서도 할 수 있는 일이지만 서로의 방식을 존중하며 함께하면 훨씬 수월하고 완성도도 높다. 무엇보다 서로를 알아가는 시간 자체가 즐겁다(프랭키는 아닐지도 모르지만).

영상 작업도 마찬가지. 나는 카메라를 들고 우연한 순간을 기록하길 좋아하고, 프랭키는 즉흥적인 마음으로 걷는 걸 즐긴다. 각자 선호하는 방식을 존중하다 보니 우리 영상은 내가 카메라를 들고 걷거나, 운전하는 프랭키를 찍으며 대화하는 장면이 주를 이룬다.

촬영이 끝나면 내가 편집을 먼저 시작한다. 큰 흐름을 파악하고, 컷을 자르고 붙여 틀을 잡는다. 하지만 디테일은 허술할 때가 많다. 내가 1차 편집을 마치면 프랭키가 음향을 조절하고 불필요한 장면을 덜어내 완성도를 높인다. 각자 혼자 했다면 '빨리 완성되었지만 마무리가 약한 영상' 또는 '만듦새는 좋지만 편집이 오래 걸린 영상' 둘 중 하나였지 않았을까.

이 순간들을 모아보니 우리가 함께 걷는 모습이 재즈와 닮았다는 생각이 든다. 재즈는 솔로 연주도 좋지만, 서로 다른 악기가 합을 맞출 때 더 풍성해진다. 피아노 반주가 시작되면 색소폰이 음을 더하고 베이스가 중심을 잡아주듯, 각자 역할을 묵묵히 수행하며 함께할 때 비로소 풍부한 하모니가 탄생한다. 각기 다른 악기가 모인 합주의 즉흥연주 타임은 더욱 빛이 난다.

　　　　　　　

우리 역시 서로 달라서 더 나다워지고, 그럴수록 각자의 장점이 발현되는 건 아닐까.

일상의 사소한 순간이 재즈 같으면 좋겠다. 솔로도 할 수 있지만 함께 무대에 오르는 합주. 한쪽이 나설 때 다른 쪽이 슥 물러나주는 밀고 당기는 배려. 물론 가끔은 불협화음 같기도 하겠지. 누구나 그렇듯이. Ⓚ

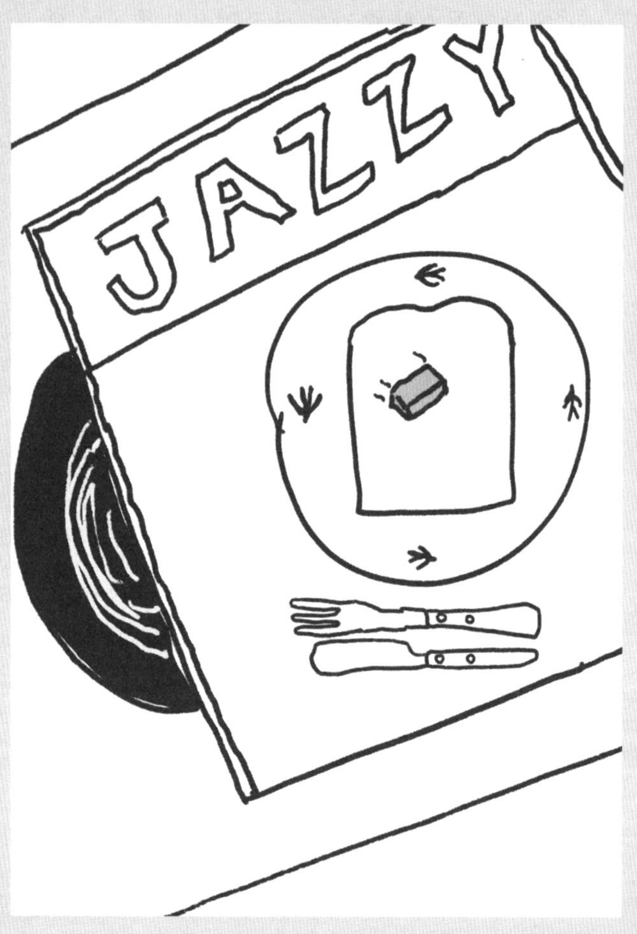

JAZZY

팀 재지마인드

살면서 뭔가 필요해지면 자연스레 믿을 만한 브랜드를 찾게 된다. 침구류나 수납 케이스 같은 생활용품이 필요하면 무인양품을 떠올리고, 선물할 일이 생기면 D&DEPARTMENT, 이노메싸, 콘란샵 등 라이프스타일 편집숍에 들락거린다. 속옷이나 양말, 티셔츠가 닳아지면 유니클로에 가고, 사용하던 노트를 다 쓰면 몰스킨을 재구매 한다. 노트북이나 휴대폰을 바꿔야 할 일이 생기면 애플스토어에 들러 진열상품을 괜히 만지작거린다.

선택의 기준이 상점이 아니라 '사람'이 될 때도 있다. 나는 무라카미 하루키가 쓴 책이라면 믿고 읽는다. 한국어로 번역된 장편소설을 빠짐없이 읽고 몇 권의 단편집과 에세이를 모으다 보니, 어느덧 마흔 권의 책을 소장하게 됐다. 살면서 뭔가를 수집한 적은 이번이 처음이다. 가지고 있는 책들을 이미 두세 번, 많게는 다섯 번씩 읽었으면서도 여전히 대형서점에만 가면 하루키의 저서가 모인 서가 앞에 쭈그리고 앉아 '이번엔 뭘 읽어볼까' 하며 책날개와 목차를 팔락거린다. 그럴 땐 마치 특정 장소를 꼭 들러야 직성이 풀리는 산책길의 강아지가 된 기분이다.

왜 이렇게 된 걸까. 과거의 독서 경험이 준 만족감이 워낙 컸기에 하루키의 작품이라면 망설임 없이 지갑을 열게 되는 듯하다. 신간이 나오거나 미처 몰랐던 구작을 발견해 소비할 기회가 생기면 되레 반갑고 감사하기까지 하다.

이런 신뢰는 다른 영역에서도 이어진다. 씨네큐브 광화문에서 좋아하는 감독의 신작이나 A24에서 제작한 영화를 상영하면 달려가서 관람한다(사실을 말하면 걸어갑니다). 국립현대미술관에서 열리는 전시 일정은 미리 체크해둔다. 평소 신뢰하는 친구가 추천한 물건이나 식당은 잊지 않게 메모해둔다. 이때 감독, 제작사, 영화관, 미술관 그리고 친구는 나에겐 하나하나의 '브랜드'로 인식된다. 그동안 '아… 진짜 좋다' 싶은 순간들이 쌓여 그들의 선택과 태도에 믿음이 생겼기 때문이다. 내가 가진 자원(시간과 돈)을 소비하는 일은 곧 그들과 연결되기 위한 자발적인 행위와 같다. 필요에 의한 소비를 넘어 즐거움 또는 필수의 영역이 된 셈이다.

브랜드를 공부하거나 론칭한 경험은 없다. 하지만 내가 생각하는 좋은 브랜드의 이미지는 앞에서 이야기한 것과 크게 다르지 않다. 존재를 인지하고 있다가 필요할 때 참고하고 잊을 만하면 생각나는 사람이나 장소. 일상을 살다 어떤 장면에서 문득 떠오르고 가끔은 기다리게 되는 존재. 그로 인해 내 삶에 약간이라도 긍정적인 영향이 미친다면 나에겐 좋은 브랜드다. 이런 존재가 세상에 있어주는 것만으로도 고마워, 주변에 알리는 것을 넘어 그가 오래도록 건강하게 존속하기를 바라게 된다.

주제넘은 생각일까 싶지만, 〈재지마인드〉를 운영

하면서 줄곧 그런 존재가 되길 바라왔다. 유튜브 채널에 영상을 만들어 꾸준히 올리면서도 스스로를 유튜버라고 정의하지 않는 이유는 유튜버가 되기 위해 이 일을 하는 게 아니기 때문이다. 우리는 '우리'라는 사람들을 회사나 팀처럼 운영하는 중이다. 팀원은 두 명, 팀명은 재지마인드다. 2년이 넘는 시간 동안 우리가 해온 일을 나는 '브랜딩'이라 부르고 싶다. '재지마인드'라는 브랜드의 소신과 가치관을 차근차근 다져나가는 중이기에 브랜드에 'ing'를 붙인 거다.

어쩌면 브랜드니 브랜딩이니 하는 정의는 아무래도 상관없을지 모른다. 가타부타 따지기보다 그저 '재지마인드'라는 이름이면 충분하다. 〈재지마인드〉의 키키와 프랭키. 그렇게 우리를 소개하고 불리길 원한다. 뭐 하는 사람들이냐는 질문에 쉬이 대답이 나오지 않는 건, '어떤 일'이라는 틀에 스스로를 가두고 싶지 않은 마음 때문일 테다. 유튜버냐는 물음에도, 어떤 콘텐츠를 찍느냐는 질문에도 순간 말문이 막히는 것도 같은 이유다.

영상을 만들며 이렇게 책을 쓰고 때로는 강연도

한다. 그림이나 사진으로 전시를 열 수도 있고 언젠가 영화를 만들 수도 있다. 어떤 장르에도 속하지 않는 음악을 만들고 그런 음악들을 모아서 음반을 낼 수도 있지 않을까, 하는 상상도 한다. 글, 영상, 그림, 사진, 음악은 우리의 생각과 태도를 표현하는 '도구'일 뿐이다. 도구는 언제든 바뀔 수 있다.

나 자신을 좋아하는 마음을 바탕으로 관찰하고 발견하며 자유롭게 표현하고 자연스럽게 존재하는 일. 그 일의 결과가 누군가에게 작은 도움이 될 수 있길 바라는 마음이 지금의 우리가 희망하는 삶의 방향이다. 그게 바로 우리 팀이 하고 있는 일이자, 앞으로도 계속해서 지키고 싶은 태도다. Ⓕ

매주 일요일. 하나의 아기가 탄생한다(물론 비유적인
표현입니다). 그 아이는 우리 둘을 많이 닮았다.
음, 매주 탄생하면 너무 많아져서 부담스러우니
다시 태어난다고 하자. 재탄생. 마음이 조금 편해진다.
일주일이 지났을 뿐인데 아이는 또 요만큼 성장했다.
미세하고 미묘한 차이지만 우리는 알 수 있는 만큼의 성장.
우연히 꺼내 본 1년 전, 2년 전 앨범 속 모습과는
분위기와 표정이 다르다. 불과 한 달 전, 일주일 전과 비교해도
차이가 느껴진다. 비슷한 말을 만들어내고 있지만
그 밀도가 높아져 있다. 아마 조금씩 이해하고 소화하고
확신하고 체화하고 있는 모양.

누구를 위해서가 아니라

서울 종로구 부암동 안쪽 골목, 그곳에 환기미술관이 있다. 화가 김환기 사후 그의 예술 세계를 집대성하기 위해 1992년에 세워진 곳이다. 오랫동안 한자리를 지켜온 공간이기에 언제든 갈 수 있다는 생각으로 방문을 미뤄왔다. 그러다 노후 공사로 당분간 문을 닫는다는 소식에 마음이 조급해졌다. 재오픈을 오매불망 기다리다가 소식이 들리자마자 달려갔다. 그렇게 지난 겨울 처음 마주한 전시 제목은 〈영원한 것들: 누구를 위해서가 아니라 스스로 존재한 것들〉이다.

　　가방을 맡기고 가볍게 전시관으로 들어섰다. 내부는 촬영 금지였는데, 오히려 사진을 찍지 못한다는 사실 덕에 작품 앞에 더 오래 머물 수 있었다. 사진에 담아 갈 수 없으니 눈으로, 마음으로 오래도록 기억하고 싶은 바람이 자연스레 피어났다. 작품도 작품이지만, 미술관의 이러한 배려 아닌 배려가 참 좋았다.

　　무수한 점들이 액자를 가득 채우고, 점으로 채워진 작품들이 한 벽면을 메우고 있었다. 멀리서 보면 하나의 우주 같았고, 가까이서 보면 씨앗처럼 제각각인 점들의 연속이었다. 하나하나 관찰하면 크기와 모양, 색이 조금씩 달랐지만 그 점들이 모여 전체적으로 조화를 이루고 있었다. 우리 역시 우주적 관점에서 본다면 한낱 점에 불과하겠지만, 서로 다르게 존재하는 것만으로도 충분히 의미 있고 조화로운 존재 아닐까, 하는 생각에 가만히 잠겼다.

　　옆에 있던 프랭키가 조용히 속삭였다.

　　"이걸 다 그리려고 얼마나 오랜 시간이 걸렸을까? 액자가 엄청 거대하네."

"그러게. 점 하나하나를 손으로 찍는 작업이라 몇 달씩 걸린 작품도 있다고 하더라."

나는 그림을 바라보며 물었다.

"이렇게 반복되는 일을 매일 한다는 거, 정말 놀랍지 않아? 어떻게 40년 넘게 그리는 일을 지속할 수 있었을까?"

프랭키는 잠시 생각하다 대답했다.

"어쩌면 점을 찍는 시간이 단순히 그림을 그리는 시간이 아니라, 자기 자신으로 존재하는 시간 아니었을까."

다시 작품으로 눈을 옮겼다. 점 하나하나가, 작가가 자신으로 존재했던 시간의 흔적이자 증거처럼 보였다. 그 흔적은 김환기 화가가 누구보다 자기다운 삶을 순간순간 살아왔을 거라는 확신마저 들게 했다.

나로 태어나 나로 존재하는 일은 왜 이토록 어렵게만 느껴질까. 인간은 혼자 살아갈 수 없는 존재이기에 어쩌면 당연한 일일지도 모른다. 나 또한 한동안 다른 사람의 평가와 기대에 맞춰 살아왔다. 그런 삶의 한가운데에 있던 나를 떠올려보면, 겉으로는 괜찮아 보일지 모르지만 안은 부자연스럽고 공허했다. 반대로 조금씩 나 자신으로 존재하려 노력하는 순간들은 삶을 자연스럽게 바꿔주고 계속 앞으로 걸어 나갈 힘이 되었다. 자기 자신으로 존재한다는 건 누구를 위해서가 아니라 스스로 선택한 길을 걷겠다는 의미이기도 하다. 그런 선택들은 나를 편안하고 자연스럽게 만든다. 그것이 요즘 내가 생각하는 자유의 모습이다.

　신기하게도 자신으로 존재하는 것에는 마음을 움직이는 어떤 힘이 있다. 그 힘은 다른 이들에게 고스란히 전해진다. 완벽한 모습보다 어설프더라도 진짜인 누군가의 모습을 마주할 때 미소가 번지고 마음이 편안해진다. 도도도도 땅만 보며 걷는 강아지, 높은 담장 위를 자유롭게 날아 넘는 새, 팬티가 다 젖는 줄도 모르고 분수대에서 까르르 노는 아이들, 그리고 자기 자신이 되어 그림을 그리거나 노래하는 사람들. 그들이 존재하는 것만으로도 충분히 아름답고 세상이 조화로워 보인다. 우리는 각자 고유한 색을 갖고 태어났기에 있는 그대로 존재하는 것만으로도 특별하다.

　내가 나로 존재할 때 타인도 있는 그대로 존중

할 수 있다. 그런 관계에서는 경쟁이 사라지고 존재만으로 서로에게 힘이 된다.

　　누구를 위해서가 아니라 스스로 존재한 것들. 전시의 부제를 다시금 떠올려본다. '너 자신으로 존재하라'는 김환기 화가의 목소리가 저 멀리서 들려오는 상상을 해본다. 훗날 그의 아내인 김향안 여사의 에세이 《월하의 마음》을 읽으며 알게 된 사실인데, 김환기 화가는 목소리가 꽤 우렁찬 편이었다고 한다. 머나먼 우주에서 외친 그의 목소리가 내게 닿은 것은 아닐까? 〈어디서 무엇이 되어 다시 만나랴〉라는 그의 작품 제목처럼, 지금 글을 쓰는 이곳에서 우주의 목소리가 되어 당신을 만났다는 사실을 그에게 전해주고 싶은 마음이 간절하다. Ⓚ

ART

바람의 노래

K   최근에 우리가 '현재를 살아야 한다'는 이야기를 꽤 자주 했잖아.

F   맞아, 그랬지.

K   인생은 선이 아니라 점이라서 지금 이 순간에 집중해야 한다고 생각했는데, 최근에 '영원회귀'라는 개념을 새롭게 접했어. 니체가 병들어 있는 유럽인들을 보고 일종의 해결책처럼 내놓은 개념이래.

F   영원회귀. 들어는 봤는데, 구체적으로 어떤 거야?

K   음. 그게 뭐냐면, 사람이 태어나서 한 생을 살고 죽잖아. 그런데 그 다음에도 똑같은 사람으

로 다시 태어나서 똑같은 삶을 무한히 반복한다는 거야. 힌두교나 불교의 윤회사상이랑은 조금 달라. 윤회는 다른 존재로 다시 태어나지만, 영원회귀는 정확히 동일한 삶을 '무한히' 반복하는 거야. 몇 번을 새로 태어나도 같은 부모 아래서 같은 유년기를 보내고, 같은 대입 시험을 치르고, 같은 회사에 취업하고, 같은 사람을 사랑하고, 같은 날짜에 결혼하고, 같은 날 아이를 낳고, 생의 마감조차 같은 날 한다는 거지. 중요한 건, 이걸 반복하면서도 그 사실을 모른다는 거야. 매번 처음 사는 것처럼 살아간다는 거지.

(F) 하나의 가설인 거지? 묘하게 설득력 있으면서도 한편으론 무섭기까지 하네.

(K) 처음엔 나도 '에이, 그런 게 어디 있어?' 싶었는데, 생각해보니까 이해가 되는 거야. 이 관점에서는 찰나의 순간이 짧아서 소중한 게 아니라, 지금 이 순간이 '영원하기 때문에' 소중해지는 거야. 엄청 놀랍지 않아?

   재지마인드

F   그러면 하루하루를 허투루 보내면 안 되겠네. 자 칫하면 영원히 허튼 삶을 사는 사람이 될 테니까.

K   맞아. 그러니까 불확실한 미래를 위해서 현재를 희생하지 말고, 지금 이 순간을 가치 있는 일들로 채워야겠다 싶더라. 안 그러면 무가치한 시간을 무한히 반복하게 되는 거잖아? 그렇게 생각하니까 사소한 일상이 조금 다르게 느껴지더라고.

F   예를 들면 어떤 게 달라졌어?

K   아침밥을 먹을 때도 내가 선택할 수 있는 범위 안에서 가장 맛있는 걸 먹고 싶어졌어. 다음 생에도, 그 다음 생에도 평생 이 음식을 먹는다고 생각하니까 나를 위해서 맛있는 음식을 고르고 싶더라고. 그리고 얼마 전에 한강공원에서 있었던 일도 그래. 작은 무대에서 트로트를 부르는 할아버지들이 계시더라고. 예전엔 그런 노래가 들리면 인상이 구겨지고 빨리 지나가기에 바빴을

텐데, '영원회귀'를 떠올리니 생각이 바뀌더라. 어차피 내 인생에서 이 시간에 트로트를 계속 듣기로 되어 있는 운명이라면 차라리 즐겨보자 싶었지. 그래서 일부러 무대 앞으로 가서 박수 치면서 지나갔어. 할아버지 한 분이 춤을 추고 계셨는데 귀엽게 느껴지더라고. 정말 인생을 춤추듯 살고 계신 느낌이었어. 그분과 눈을 맞추고 웃으며 지나갔는데 이상하게 내가 더 즐거운 거 있지. '아, 순간순간 이렇게 즐겁게 살면 되는 거구나' 하는 생각이 들더라.

(바람이 분다. 나뭇잎이 서로 부딪히며 소리를 낸다.)

F   바람에 스치는 나뭇잎 소리를 들으니까 문득 《바람의 노래를 들어라》, 그런 책 제목이 떠오르네.

K   그래. 결국 영원회귀도 지금 이 바람을 온몸으로 느끼라는 뜻 아닐까.

F 무의미한 것들로 세월을 채우지 말고 바람의 노랫소리를 듣고 아름다운 걸 눈에 담으며 내가 진심으로 하고 싶은 게 뭔지 고민하며 살라는 뜻이겠지?

K 응. 바로 그거야.

F 80년이든 90년이든 똑같은 삶을 영원히 반복한다면, 길게만 느껴졌던 평생이 어쩌면 한순간인 거고, 짧게만 느껴졌던 지금 이 순간이 영원히 반복되니 오히려 길게 느껴지는 거네. 결국 삶 전체와 찰나의 가치가 뒤바뀌는 셈이고. 니체는 그런 식으로 병든 현대인들에게 사고를 전복할 기회를 제안하고 싶었던 것 같아.

K 응. 나도 지금까지 그렇게 생각해본 적이 없었어.

F 그러게. 비록 가설이나 상상일지라도, 진실이고 아니고를 떠나 우리 삶에 이런 묵직한 질문을 던져줬다는 것. 그게 중요한 것 같아.

재즈와 식빵

식빵 좋아하시나요?

얼마 전 좋아하는 식빵 가게(광화문에도 '밀도'가 생겼습니다! 알고 계셨다고요? 죄송합니다)에서 식빵을 사려는데 갓 구운 식빵은 열기가 식지 않아 커팅 서비스를 해줄 수 없다고 하더라고요. 그래서 별수 없이 통째로 사 가져온 날이 있습니다. 별일 아니지만 늘 남이 잘라주는 편리함에 익숙해져 있다가 통으로 사 왔더니 마치 커팅 되지 않은 피자를 포장해온 기분이었습니다.

집에 와서도 식빵에 습기가 서리지 않도록 입구를 열어두었습니다. 온 집 안에 은은한 빵 냄새가 퍼져 기분이 좋아지고 이내 침이 고이더군요. 빨리 먹고 싶은 마음에 '슥슥삭삭' 셀프 커팅을 감행했는데, 결과는 참담했습니다. 모양은 들쭉날쭉했고, 마지막엔 정체불

명의 세모꼴 식빵이 등장했으니까요. 그날 알게 된 게 하나 있었습니다. '좋아하지만 잘하지 못하는 것'이 분명 존재한다는 사실을요. 누구나 그런 것 하나쯤 품고 살지 않나요?

저희 유튜브 영상 댓글 창에는 "재즈 플리(플레이리스트) 만들어주세요"라는 요청이 종종 올라옵니다(댓글 이야기가 나와서 그런데, 무척 감사히 그리고 열심히 읽고 있습니다). 요청은 감사하지만 그때마다 "예, 뭐 다음에…" 하며 뻔뻔하게 넘겨왔습니다. 아마 팀 이름이자 채널의 이름인 〈재지마인드〉에 '재즈'가 들어가기도 하고, 영상 속에서 차를 타고 다니며 재즈를 즐기는 장면을 가끔 보여드렸기 때문이겠죠.

지금껏 '플리'를 만들지 못한 이유를 변명하자면, 플레이리스트를 꾸릴 만큼 재즈를 깊이 알지 못해서입니다. 식빵을 자르는 일처럼 재즈 역시 저에겐 '좋아하지만 잘하지 못하는 것'인 셈이죠. 저희가 만든 플레이리스트를 듣고 "뭐야, 이런 것도 재즈 플리라고 만든 거야? 역시 〈Jazz is everywhere〉(《재즈의 계절》의 저자 김민주 님이 운영하는 유튜브 채널)이나 들어야지"

라고 하실 게 뻔하니까요.

플레이리스트까지는 아니더라도 이렇게 말이 나온 김에, 요즘 들으며 '오, 이 곡 좋은데?' 하고 저장해둔 곡과 앨범들을 몇 개만 적어볼까요? 지난 2개월간 캡처해둔 사진을 추려보니 100장이 훌쩍 넘어 약간 당황했습니다. 너무 많으면 편집자님께 통째로 반려당할지도 모르니 식빵처럼 셀프 커팅을 좀 해보겠습니다(슥슥삭삭).

그리하여…

셀프 커팅 재즈(60 Days)
(아티스트, 앨범, 곡 순서입니다)

1. **Vince Guaraldi Trio**, 《A Boy Named Charlie Brown》, 〈Happiness Is〉
2. **Red Garland**, 《Red Garland Plays Standards》, 〈Almost Like Being In Love〉
3. **Oscar Peterson & Benny Green**, 《Os-

car and Benny》, 〈Someday My Prince
Will Come〉

4. **Bill Evans Trio**, 《Nirvana》, 〈Nir-
vana〉

5. **Michael Weiss**, 《Persistence》, 〈Only
The Lonely〉

6. **Benny Green**, 《Then and Now》, 〈Say
You're Mine〉

7. **Wes Montgomery**, 《On Riverside》,
〈Blue 'N' Boogie(Live)〉

8. **Tommy Flanagan Trio**, 《Moodsville
Vol. 9》, 〈Velvet Moon〉

9. **Erroll Garner**, 《Magician(Octave
Remastered Series)》, 〈Nightwind(Re-
mastered 2020)〉

10. **Steve Kuhn Trio**, 《Pavane for a
Dead Princess》, 〈I'm Always Chas-
ing Rainbows〉

11. **Scott Hamilton**, 《Jazz Signa-
tures》, 〈In your Own Sweet Way〉

12. **Keith Jarrett**, 《At the Blue Note: The Complete Recordings》, 〈Everything Happens to Me〉

13. **Duke Jorden**, 《Flight to Denmark》, 〈Glad I Met Pet(Take 3)〉

14. **Bill Evans Trio**, 《Bill Evans on Unique Jazz》, 〈Someday My Prince Will Come〉

15. **Thelonious Monk Trio**, 《The Thelonious Monk Trio(Rudy Van Gelder Remaster)》, 〈Blue Monk〉

16. **Oscar Peterson**, 《Night Train》, 〈Georgia on My Mind〉

17. **David Benoit**, 《Here's to You, Charlie Brown: 50 Great Years!》, 〈Happiness〉

18. **Kenny Drew Trio**, 《Recollections》, 〈Golden Earrings〉

19. **Bill Evans & Jim Hall**, 《Undercurrent》, 〈Stairway to the Stars〉

20. **Eddie Higgins**, 《Standards by Request 1st Day》, 〈Easy Living〉

21. **Art Blakey & The Jazz Messengers**, 《Ugetsu》, 〈Ugetsu〉

22. **McCoy Tyner**, 《Nights of Ballads and Blues》, 〈Stain Doll〉

23. **Joey Calderazzo**, 《Going Home》, 〈Stars Fell On Alabama〉

24. **Alan Broadbent Trio**, 《New York Notes(feat. Harvie S & Billy Mintz)》, 〈I Fall in Love Too Easily〉

25. **Steve Kuhn & Harvie Swartz**, 《Steve Kuhn: Mostly Ballads》, 〈Yesterday's Gardenias〉

26. **Hank Jones & Tommy Flanagan**, 《I'm All Smiles》, 〈Afternoon in Paris〉

목록을 정리하고 나니 플레이리스트를 만들지 못한 이유가 하나 더 추가됐습니다. 상당히 귀찮은 작업이군요…. 농담입니다(반은 진심입니다). 일부러 같은 아티스트를 피하려 했지만 빌 에반스(Bill Evans)나 오스카 피터슨(Oscar Peterson) 같은 이름들이 중복돼 보이네요. 그만큼 제가 좋아하는 취향이라는 뜻이겠지요. 쭉 적어놓고 보니 최근엔 잔잔한 피아노 중심의 50~60년대 모던 재즈를 즐겨 들었네요.

기왕 이렇게 된 거, 궁금해하실 것 같은 질문을 '셀프'로 정리했습니다(사실 그냥 내가 하고 싶은 이야기).

재즈는 주로 뭘로 듣나요?

장비를 묻는 거라면 블루투스 스피커와 보스 헤드폰을 애용합니다. 운전하면서도 항상 듣고요. 가끔은 음악을 듣는 게 운전의 유일한 목적인 날도 있습니다. 포맷을 묻는 거라면 애플뮤직 스트리밍을 이용합니다. LP나 CD는 안 모으냐고요? LP는 공간을 많이 차지해 엄두를 못 냈고, CD는 기분 내킬 때 충동적으로 구매하곤 하는데, 정작 플레이어가 없어서 비닐도 뜯지 못하고 있습니다. 언젠가 근사한 스피커와 플레이어를 갖고 싶네요.

특별히 애정하는 앨범이 있다면?

취향은 조금씩 바뀌지만 계절마다 편애하는 앨범은 있습니다. 겨울엔 듀크 조던(Duke Jorden)의 《Flight to Denmark》를 반복해서 듣습니다. 이 앨범에서 가장 좋아하는 곡은 (고르기 힘들지만) 〈Glad I Met Pat(Take 3)〉. 크리스마스 시즌엔 빈스 과랄디 트리오(Vince Guaraldi Trio)의 《A Charlie Brown Christmas》를 가장 즐겨 듣습니다. 세상엔 찰리 브라운을 위한 여러 크리스마스 앨범이 존재하지만 저는 왠지 이 버전이 가장 좋더라고요.

나른한 봄이 오면 그랜트 그린(Grant Green)의 《I Want to Hold Your Hand》 앨범을 즐겨 듣습니다. 이 앨범을 들으면 어느 봄에 친구들과 떠난 캠핑 여행의 기억이 선명하게 소환됩니다. 음악은 확실히 장면을 불러오는 힘이 있는 것 같습니다.

여름엔 보사노바 앨범 《Getz/Gelberto》와 안토니우 카를루스 조빙(Antônio Carlos Jobim)의 《Wave》를 반복해서 듣습니다. 더운 여름엔 남미의 열기를 상상하며 위안을 삼는 달까요. 실제로는 한국의 여름이 더 덥고 습하다는 의견이 있지만 뭐, 어차피 상상일 뿐이니까요. 슬슬 단풍이 들기 시작하면 역시 〈Autumn Leaves〉를 듣게 됩니다. 빌 에반스, 쳇 베이커(Chet Baker), 에디 히긴스(Eddie Higgns)의 〈Autumn Leaves〉를 비교해 듣다 보면 '같은 곡이 이렇게 다르게 해석되는구나' 새삼 느낍니다. '이게 재즈구나!' 하는 느낌이랄까요.

좋아하는 앨범은 어디서, 어떻게 접하나요?

좋아하는 연주자나 앨범이 생겨 질릴 때까지 반복해서 듣는 시기가 있는가 하면 또 어느 시기에는 취향을 좀 더 넓히고 싶어지기도 하죠. 그럴 땐 가끔 알고리즘의 도움을 받습니다. 스트리밍 서비스를 이용하면 '최근 재생한 음악과 비슷한 앨범', '같은 아티스트의 다른 앨범' 등을 추천받을 수 있는데, 이 점이 스트리밍 서비스의 장점이라고 볼 수 있겠네요. 물론 단점으로 작용할 수도 있겠죠. 실패를 반복하며 얻은 취향에 비하면 금세 휘발되는 경우가 많으니까요. 요즘은 카페나 백화점 등 어디서든 재즈가 흘러나옵니다. 간혹 '이 곡 뭐지?' 하고 궁금증이 폭발할 땐 얼른 Shazam

앱을 켭니다. 앱을 위젯에 넣어두면 편리한데요. 궁금한 곡이 나올 때 바로 실행해 음악을 인식해서 제목을 알 수 있으니까요.

이 글을 쓰는 지금 카페에서 흘러나오는 곡은 쳇 베이커의 〈Let's Get Lost〉입니다. 실은 이곳은 앞에서 등장한 식빵을 샀던 가게이기도 합니다. 빵으로 시작한 글을 마무리하는 지금, '베이커(Baker)'의 곡이 나오니 아무래도 의미 부여를 하게 되네요. '길을 잃자' 는 곡의 제목도 우리가 재즈를 좋아하는 이유를 잘 설명해주는 기분입니다. 편집자님은 재즈에 관한 '짧은 글'을 기분이 내킨다면 한번 써보기를 권했지만, 기분이 너무 내킨 나머지 길을 잃고 다소 긴 글이 되어버린 건 아닌지 걱정도 되네요. 하지만 길을 잃는 건 언제나 설레는 일 아닐까요?

재즈 좋아하시나요?(마지막 질문)
좋아합니다. 잘 알지는 못하고요.

재지마인드

첫판 1쇄 펴낸날 2026년 4월 10일
3쇄 펴낸날 2026년 4월 27일

지은이 키키·프랭키
발행인 조한나
책임편집 김유진
편집기획 김교석 김하영 박혜인 이혜정 함초원 황시연
디자인 한승연 성윤정 김혜은
마케팅 문창운 백윤진 김민영
회계 양여진 김주연

펴낸곳 (주)도서출판 푸른숲
출판등록 2003년 12월 17일 제2003-000032호
주소 서울특별시 마포구 토정로 35-1 2층, 우편번호 04083
전화 02)6392-7871, 2(마케팅부), 02)6392-7873(편집부)
팩스 02)6392-7875
홈페이지 www.prunsoop.co.kr
페이스북 www.facebook.com/prunsoop   **인스타그램** @prunsoop

* 잘못된 책은 구입하신 서점에서 바꾸어 드립니다.
* 본서의 반품 기한은 2031년 4월 30일까지입니다.